猫に転生したら、無愛想な旦那様に溺愛されるようになりました。

登場人物紹介
クラウス・ディアメトロ
若くして両親をなくし、レヒト公爵家の当主となる。公爵家の地位を承継するため、両親の決めた婚約者であるミーアと結婚した。
ミーア・ディアメトロ
ポジティブで前向きな性格。『宝石姫』の異名を持つが、夫のクラウスから冷たい態度を取られ、辛い日々を送っていた。ある日、屋敷に現れた魔女から呪いをかけられ、猫になってしまう。

執事
レヒト公爵家に仕える執事。無表情で感情表現が希薄。
アイリーン
ミーアに『氷姫の呪い』をかけた魔女。面識がないはずのミーアに、呪いをかけた目的とは……？
レナ
ミーアに仕えている侍女。慣れない環境に戸惑うミーアを気遣い、優しく接する。
ラディアス
男爵家の次男で、クラウスの数少ない友人。女性にまつわる噂話が絶えない色男。

猫に転生したら、無愛想な旦那様に溺愛されるようになりました。

目次

Contents

第一章　宝石姫、猫になる

最愛の夫、クラウス・ディアメトロはとろけるような眼差しで囁いた。

「ミーア……お前は本当に可愛いな……」

そう言いながら、ベッドの中にいたミーアを抱き寄せる。仕事中の厳格な様子はどこにもなく、いまはその端整な美貌をベッドの中のミーアにだけ向けていた。

長い睫毛《まつげ》。さらさらとした柔らかな黒髪。そして二人でいる時にしか見せない甘い表情に、いやおうなしにミーアの鼓動は速まっていく。

（クラウス様……）

やがてミーアの小さな額に、クラウスがそっと口づけた。ちゅ、と落ちた可愛らしい音にミーアは赤面し、思わず全身をぎゅっと強張らせる。するとクラウスはそんなミーアを見て「ごめん、驚かせたな」と息だけで笑った。

頭を撫でられる大きな手の感触。そのまま頬、首とクラウスの長い指先が伝い、ミーアはくすぐったいと身を捩った。

「ふふ、気持ちいいのか？」

（うう、は、恥ずかしいですわ……）

クラウスの手のひらで転がされるまま、ミーアは逃げ出したい気持ちと、もっと撫でてほしいという気持ちの板挟みになっていた。そんな乙女の葛藤をよそに、クラウスはベッドの中のミーアをよりしっかりと抱きしめる。

背中に回された腕は力強く、ミーアはクラウスの逞しい胸板に顔を押し付けながら、自らの羞恥心と戦っていた。だが守られているという絶対的な安心感が、ミーアの心を次第に安らぎへと導いてくれる。

気づけば、ミーアはうとうととまどろみはじめていた。互いの体温が、シーツと毛布の間で混じり合う。まるで天国のような心地よさに目を細めていると、クラウスがぽつりと零《こぼ》した。

「……ミーアにも、ずっとこうしてやりたかった……」

『……』

「あんなことになる前に、もっと素直に……好きだと、言えていたら……」

ぽろりと透明な涙が一粒、ミーアの鼻先に落ちた。ミーアは急いで彼の頬を拭おうとするが、どれだけ必死に手を伸ばしても一向に届く気配がない。

なおも落ち込むクラウスを慰めようと、ミーアは懸命に彼の腕から抜け出すと、ぷはと毛布から顔を出した。クラウスの潤んだ赤い瞳をじっと見つめると、励ますように喉を鳴らす。

（クラウス様、元気を出してくださいませ。わたくしなら——）

だが出てきたのは「大丈夫ですわ」という言葉ではなく——

『ぶにゃー』

という、ざらざらした鳴き声だった。

その少々個性的な音を耳にしたクラウスは、眦《まなじり》に残っていた涙を瞬きで押し流すと、はにかみながら「ありがとな」とミーアの頭を撫でる。もちろん言葉が伝わっているわけではなく、不安そうなミーアの鳴き声に応えただけだろう。

今までのクラウスからは想像もできない弱りきった姿に、ミーアは心の中だけで涙を流した。

(以前のわたくしでしたら、こんなお顔はさせませんでしたのに……)

指を伸ばせば、クラウスの涙を拭うこともできた。優しい言葉で励ますことだって。

全身でクラウスを抱きしめて、愛していますと伝えることもできたのに。

(——うう……どうして……どうしてわたくしは、こんな姿に……)

短い足。

丸々としたお腹。

ふわっふわの体毛。

——今のミーアの体は、猫そのものだった。

ミーア・キャリエルは、それはそれは美しい少女だった。

ラヴィニア男爵家の令嬢として生まれ、淡いピンクの輝きを帯びた白銀の髪に、エメラルドのような碧眼《へきがん》。真珠のように輝く白い肌と、細く均整の取れた手足を持ち、その喉から発せられる声もまた、鈴を転がしたかのような実に可憐なものだった。

十六で社交界デビューを果たしたその日、付けられた呼び名は『宝石姫』。

ミーアはどこにいても、キラキラとした光を幻視させるほど華やかで、あらゆる同性異性からの注目の的《まと》であった。もちろんミーア自身も、そんな自分に誇りを持っていたし、これから先も宝石で着飾り、きらびやかなドレスを纏う――そんな生活が続いていくのだと信じきっていた。


もちろん、それが確固たる未来となる保証もあった。

ミーアの家は男爵という、貴族の中ではもっとも下の格式である。

だが輝くばかりの美姫だと聞きつけたレヒト公爵家が『是非自分の息子と婚約を』という話を、早くから持ちかけてきたのだ。

レヒト公爵家と言えば、古くは王族との血縁関係もあるとされる名門中の名門。

保有する領土も権力もミーアの家とは天と地ほども違い、本来であれば男爵令嬢であるミーアには、提案されるはずがないほど破格の縁談である。

当然ミーアの両親は快諾し、ミーアも悪い気はしないと喜んだ。

話はとんとん拍子に進み、ミーアが二十歳《はたち》を迎えた年に結婚しよう、という取り決めが両家の間で取り交わされた。それを聞いたミーアは四年間、花嫁修業や友人らとのお茶会をいっぱい満喫しよう、と胸を膨らませる。

――だが事態は一変した。

レヒト公爵とその妻が、突然事故で亡くなったのだ。

婚約を決めてから、わずか一年の出来事だった。

両親は、追悼《ついとう》の意を示すと同時にひどく困惑した。

ミーアもまた、自分との婚約は白紙に戻されるかもしれないと覚悟した。

しかし意外なことに契約は継続――しかも約束の二十歳を待たずに、今すぐに結婚してほしいという話だった。

聞いたところによると、レヒト公爵家には実子がひとりしかおらず、彼が承継しなければレヒト公爵の持つ領地や権利などはすべて国に返還されてしまうらしい。だが公爵家の地位を継ぐためには伴侶《はんりょ》を有する――つまり、結婚していることが条件なのだという。

こうしてミーアは十七歳という若さで結婚することとなった。

「ミーア・キャリエルと申します」

「……」

輿入《こしい》れを終えたその夜。

ミーアは自身の伴侶である男の前に初めて立った。

今まで一度も会ったことがなかったのか、と驚かれるかもしれない。だが親によって婚約者が決められることが大半なこの国では、さほど珍しいことではない。特に婚約から入籍までの間がない場合など、男女ともに初夜のベッドで初めて対面することもままある。

幸いミーアがいたのは寝台の上ではなく、執務室の中だった。


レヒト公爵――クラウス・ディアメトロ。

青みがかった黒髪に、熟した果実のように真っ赤な虹彩。

歳は二十三と聞いていたが、その険しい視線や固く結ばれた唇を見る限り、とても相応の齢《よわい》とは思えない厳《いか》めしさだ。とはいえ目鼻立ちはすばらしく整っており、美青年と称しても異論は出ないだろう。思いがけない美貌の登場に、ミーアはつい顔をほころばせる。

だが次にかけられたのは、低く冷たい言葉だった。

「両親の遺志である以上、契約は果たす。だが俺に期待はするな」

「は、はい……」

ミーアはすぐに唇を引き結んだ。

美しい相貌であるがゆえに、そこから発せられるクラウスの声は、常人の何倍もの冷たさを孕《はら》んでいる。クラウスはそのままミーアの姿貌《しぼう》を観察していたが、すぐに睫毛を伏せ、傍にいた執事に声をかけた。

「彼女を部屋へ――邸の中は自由に歩いていい。ただし用もなくこの部屋には立ち入るな」

「わ、わかりましたわ……」

執事に促されたミーアは、退室する前に一応頭を下げた。だがクラウスは執務机に向かったまま顔を上げる素振りすら見せず、その態度にミーアは心を陰らせる。

（初めての挨拶《あいさつ》、でしたのに……）

顔も知らない婚約者同士。お互いのことを知るために、夜を徹してさまざまな話をするものだと思っていた。だがあまりにあっけない幕切れに、ミーアは急激な不安に襲われる。

（で、でも夫婦となったからには、お話しする機会も、これからたくさんあるでしょうし……）

心に浮かんだ憂慮を吹き飛ばすように、ミーアはふるふると首を振る。改めてよしと気合を入れなおすと、用意された自分の部屋へと向かった。

こうして最悪の出会いで始まった二人の結婚。

それでもミーアはいつか必ず、愛し愛される素敵な夫婦になれるのだと信じていた。

だが翌日も、その翌日も――一年経っても、ついぞ状況は変わらなかった。


「――もう結構です。下げてください」

「お、奥様、ですが……」

「部屋で休みます」

大量に残された晩餐《ばんさん》を見て、使用人たちは気まずそうに目配せをした。だがミーアは一切構わず椅子から立ち上がると、そのまま足早に自室へと向かう。

その背中をミーアの侍女であるレナが慌てて追いかけた。

「奥様、もう少しお食事をとられませんと、さすがにお身体に障ります。旦那様も悲しまれるかと……」

「わたくしがどうなっても、クラウス様は何も感じませんわ」

「で、ですが……」

口ごもるレナを見て、ミーアは悲痛を滲ませる。

「だってそうでしょう？　もう三日も仕事だと言って出かけたまま……クラウス様は、きっとわたくしよりも仕事の方が大切なのですわ」

「そんなことはございません！　旦那様はいつも奥様のことを大切に思って、そのためにいつもお仕事を……」

「本当に大切なのでしたら、仕事よりも、わたくしにもっと向き合ってくれるはずではなくて？」

きっぱりと言い返すミーアに対し、レナは口をつぐんだままだった。感情の揺れが収まらないミーアは、心の中だけで悲哀を漏らす。

（そうですわ……そうでなければ、わたくしは……）


ミーアと結婚してからも、クラウスは一日のほとんどを仕事に費やしていた。

ひどい時は執務室で食事をとることもしばしばで、視察に行く時も決してミーアを同行させないし、いつ帰るといった予定を知らせることもない。

結果二人の生活はすれ違い、ろくに話もできない日々が続いた。

もちろんミーアも最初のうちは、クラウスと仲良くなろうと努力した。

朝早く出かけるという日には、クラウスに合わせて早起きをし、準備を完璧に済ませて朝食を一緒にとろうとした。また視察で帰りが遅くなった時は、使用人たちが心配するのをよそに、彼が戻ってくるまで何も食べずに待ったこともあった。

だがそんなミーアが出迎えても、クラウスはためらいがちに目をそらしながら「俺に構わず、好きな時に食べろ」と言うだけだった。

それから、忙しいクラウスと少しでも一緒にいる時間をとれればと外出を控え、できるだけ邸にいるようにした。運よくともに食事をとれた時は、庭園の薔薇が綺麗に咲いているだとか、王都で流行《はや》っている紅茶がとても美味《おい》しいだとか、楽しい話題を振ろうと頑張った。

しかしミーアが明るく喋れば喋るだけ、クラウスは無言でこちらを見つめたり、かといってミーアと目が合うと慌ててそらしたりする。

なんだか申し訳なくなり、ミーアが「すみませんでした……」とうつむくと、クラウスは「別に怒っているわけじゃない」と眉間に皺《しわ》を寄せたあと「いくらでも話せばいいだろう」とぎこちない笑みを浮かべていた。

それを見たミーアはいたたまれなくなり、それ以降、自分から話を振るのを止めてしまった。

（クラウス様は……いったいわたくしのことを、どう考えておられるの？）

だからといって、クラウスからミーアに話しかけてくる奇跡など起こるはずもなく——ミーアはいつも一人で食事をし、クラウスがどこで何をしているかも知らないまま、邸で寂しく過ごす日々を送ることとなったのだ。

今までのあれそれを思い出してしまったミーアは、湧き上がってきた涙を零してしまわぬよう、必死に唇を噛みしめた。その時ようやくレナが押し黙ったままであることに気づき、ミーアははっと目を見開く。

（いけませんわ！　わたくし、また……）

嫌な言い方をしてしまった、とミーアは訂正の言葉を探す。

問題はクラウスだけではなく、使用人たちとの間にも生じはじめていた。

クラウスと会えない日々が続いたせいか、ミーアはレナをはじめとした侍女や使用人たちと接することが多くなった。もちろんミーアも早くこの邸に馴染みたかったので、彼女たちと良好な関係を築こうと心を砕いたものだ。

きっといつか、クラウスも変わってくれる。だからそれまで頑張ろうと、ミーアは誰にも悩みを打ち明けないまま、表面上は笑顔で過ごし続けた。

だが一カ月が過ぎ、半年が経ち——一年を越えてもなお、クラウスの態度が変わることはなかった。

　ある日ミーアは、自身の居場所がなくなっていく恐怖に耐えきれず、クラウスに対する不満を彼女たちに零してしまったことがあった。しかしその時に返ってきたのは共感でも同情でもなく――主に対するさりげないフォローばかりだったのだ。

　当然といえば当然なのだが――今まで積み上げていた関係性すら否定されたような気がして、ミーアはそれ以来、彼女たちに対しても心を開けないままである。

「……ごめんなさい。あなたに言っても仕方のないことでしたわ」

「奥様、あの」

「今日はもういいわ――おやすみなさい」

　レナはわずかに逡巡《しゅんじゅん》していたが、すぐに頭を下げて退室する。その姿を見送りながら、ミーアは一人、はあとため息を零した。

（……また、冷たい言い方になってしまいましたわ……）

　本当はミーアだって、レナや使用人たちと普通に仲良くしたい。

　だが彼女たちの主は、あくまでもクラウスだ。自分だけが孤立している――味方のいないこの場所で、いったいどう振る舞えというのだろう。

（レナが悪いわけではないのに……）

　この邸に来てから、誰よりも長い時間をともに過ごしてきたレナ。

クラウスの愛を感じられず、一人寂しく過ごしているミーアのことを、気遣ってくれているのは言動の端々からも理解できる。それなのに、そんな優しい彼女に対しても辛く当たってしまう……あまりに未熟で心の不安定な自分に、ミーアは苛立ちすら覚えていた。

(わたくしはいったい、どうすればいいの……)

本当の理解者がいない、絶対的な孤独。

ミーアは寝台に腰かけ、再び訪れる悲しい明日を思いながら、深いため息を漏らした。

「ミーア、どうだい？　結婚生活は」

「……こんなにつらいものだとは、思いませんでした……」

はあと零れ落ちるため息を前に、ミーアの友人たちは一様に苦笑いを浮かべた。今日はレヒト公爵家の中庭で開催されている、ミーア主催のお茶会だ。

招待客は以前社交界で知り合った、男爵や子爵の後継者や未婚の令嬢たち。高級な茶器や舶来品のお菓子を前に、優雅な午後のひと時を過ごしている。

「もちろん生活には不自由しておりませんわ。こうして好きな時にお茶会を開いたり、欲しいと言えばすぐにドレスも仕立てていただけます。宝石だって、商会に好きなだけ頼んでいいと言われていますし……」

「あら、優しいじゃありませんか」

「でも！　……でも、全然笑ってくださいませんの。いつ見てもこう眉間に皺を寄せて、何かを我慢しておられるような……。ですからわたくし、嫌われているのではないかと……」

「ミーアを⁉　それはあり得ないよ。こんなに可愛らしい女性、この国のどこを探してもいないのに！」

一人の男爵令息が、大げさに肩をすくめる。するとそれに対抗するように、他の男性たちも我先にとミーアを褒め称えた。次いで女性たちも賛同する。

「そうだよミーア。君は本当に美しい」

「ああ。僕の家が公爵家であれば、今すぐにでも君を連れ去りたいよ！」

「レヒト公爵様はこんなに素敵な奥方を持てて、幸せ者ですね」

「本当に、羨ましいですわ」

「ふふ、皆さん。冗談でも嬉しいですわ」

ありがとうございます、とミーアが微笑むと、男性陣は一斉にぽうっと頬を染めていた。女性たちもまた、はかなげに目を潤ませるミーアを前に「大丈夫ですわ」「心配ありませんわよ」と口々に慰める。

やがてお茶会は終了し、友人たちは「レヒト公爵様にどうぞよろしく」と頭を下げた後、それぞれ迎えの馬車に乗って帰路についた。ミーアはそれらすべてを見送った後、馬車の背が見えなくなるまで頭を下げる。ようやくふうと顔を上げ、満足そうに微笑んだ。

（今日も楽しかった……やっぱり皆さんと話している間だけは、嫌なことも忘れてしまいますわ……）

そもそもは『友人たちをクラウスに紹介したい』と思って始めたお茶会だった。

だが当日、あらかじめきちんと日取りを伝えていたにもかかわらず、クラウスは定刻になっても姿を現さなかった。

その時はミーアが必死にとりなし、友人たちも苦笑交じりに納得してくれたのだが、あまりの恥ずかしさにミーアはたまらずクラウスへと抗議した。すると彼は相変わらず難しい表情のまま「どうして男がいるんだ」と聞いてきたのだ。

もちろんやましいことなど一つもなく、彼らは心許せる友人であり、心配するような関係ではないとクラウスに訴えかけた。すると謝罪するどころか「じゃあ好きにしろ」とにべもない返答を突き付けられてしまったのだ。

あまりのことに、ミーアもさすがにしばらく気落ちした。そんな彼女を友人たちは優しく励ましてくれ、おかげでミーアも少しずつ元気を取り戻していったのだ。

それ以来『唯一の癒しの時間』として、ミーアは定期的に開催するようになった。

（でも……本当にずっとこのままでいいのでしょうか……）

ざあ、と風に揺れる木々が音を立てる。

催している間はあんなに賑やかで楽しいのに、お茶会が終わるといつも、それ以上の寂寥《せきりょう》感に襲われた。それは本当の原因から目を背けていることに、ミーア自身も気づいているからだろう。

(ですがこれ以上、何をすればいいのか、本当にわからないのですわ……)

悲しみが少しずつ、心を黒く塗りつぶしていく。

やがてミーアは、こんな関係になってしまった『決定的な夜』のことを思い出した。


クラウスのお茶会欠席騒動がなんとか収束した頃、ミーアは改めてクラウスを振り向かせようと奮闘していた。

しかし可愛らしさをアピールしてもダメ、健気《けなげ》さを示してもダメとなり、ミーアはいよいよ打つ手がないと絶望する。そんな時、お茶会に来ていた友人の一人が『意中の殿方を夢中にさせる方法』という書籍があるらしいとこっそりと教えてくれたのだ。

ミーアはすぐさま写本を買い求め、部屋に籠《こ》もって熟読した。だがその内容は思っていた以上に過激——大人びたものだったため、ミーアはたびたび顔を真っ赤にして栞《しおり》を挟んだものだ。

それでも何とか読了し、これならばきっとクラウス様も——とさっそく準備を開始した。

絹糸のナイトドレスを仕立ててもらい、レナに頼んで王都で評判の香水を手に入れる。クラウスが邸に戻っていることを確認すると、ミーアは自ら彼の寝室へと向かった。

（は、恥ずかしいですけれど、これでクラウス様が振り向いてくださるなら……！）

実のところミーアは結婚してから、今まで一度も夜に呼ばれたことがない。

最初のうちは多少の恐怖心もあり、急ぐことはないと自身をごまかしていた。だが日が経つにつれ、クラウスは本当にミーアに興味がない――もしくはミーア自身に魅力がないのではないか、と思いはじめるようになり、だんだんといたたまれなくなってきたのだ。

緊張を噛みしめるようにしてノックをする。すぐに扉が開き、簡単な部屋着とガウンを纏ったクラウスが姿を見せた。初めて見る夫のラフな装いに、ミーアは思わず胸を高鳴らせる。

だがクラウスは薄着のミーアを目にした途端、眉間に皺を寄せ、さっと視線をそらした。

「……何をしに来た」

「え、ええと、その」

「こんな夜更けに。それにその格好はなんだ」

「これは、その……」

（え、ええと、どうお伝えするのでしたっけ……）

いつも以上にぶっきらぼうなクラウスの様子に、ミーアは大慌てで頭の中のページをめくった。ああでもない、こうでもないと逡巡したあと、ようやく見つけ出した『必殺の言葉』を口にする。

「あ、あの――『わたくしを、好きにしてください』っ！」

言った、言えました――とミーアは心の中で拳を握った。だがその直後、自分がとんでもないことを口走ってしまった羞恥が込み上げてきて、耳の端まで熱くなっていく。

（で、でも、これならきっと、クラウス様も――）

だがミーアの予想に反して、クラウスは大きく目を見張ったまま、こちらを凝視していた。思いがけない反応にミーアは困惑したが、構わずクラウスの目をじっと見つめ返す。

やがてクラウスは疲れきったため息を零しながら、片手で自身の顔を覆い隠した。

「あの、クラウス様？」

「悪いが、そういうつもりはない」

「で、ですが！」

「……そんなに怯えた状態で何ができる？　慣れないことはするな」

その言葉に、ミーアは自身が小さく震えていることに気づいた。慌てて落ち着かせようと試みるが、意識してしまったせいかいっこうに収まる気配がない。

するとクラウスはわずかに眉を寄せたあと、自身のガウンを脱いでミーアの肩にかけた。温かい彼の体温が、冷え切ったミーアの体をふわりと包み込む。

（クラウス様……？）

意外なその行動に、ミーアはおもわずきょとんと瞬いた。

その時、クラウスがかすかに笑ったような気がして、ミーアは確かめようと再度彼の方を見上げる。もう少し、もう少しだけ一緒に。

「クラウス様、でしたらその、お話だけでも――」

その直後、クラウスはミーアを廊下に残したままバタンと扉を閉めた。たまらずドアノブに手をかけたミーアだったが、もう一度回す勇気はさすがになく、そろそろと指を離す。

（クラウス様……）

せっかく覚悟を決めてきたのに、肝心なところで怖がってしまった。きっとクラウスも、ミーアの不甲斐《ふがい》なさに呆れていることだろう。

来た時よりも遥かに遅い足取りで、薄暗い廊下を戻っていく。ぐす、と鼻をすすると、自分がたまらなく惨めな存在に思えてきた。

（……もう、実家に帰った方がいいのでしょうか……）

だが女性から離婚を切り出すなど、社交界における格好の醜聞《スキャンダル》だ。

しかも相手は遥か格上の公爵家。ミーアだけならまだしも、両親にどんな目が向けられるか――

それを考えるだけで、ミーアの心は逃げ場のない泥沼に沈み込んでいくようだった。

ばささ、と飛び立つ鳥の羽音に、ミーアははっと意識を取り戻した。

最低な夜の思い出を振り払うように、ぶるぶると頭を揺らす。

（落ち込んでいる暇はありませんわ！　わたくしは、わたくしにできることを……これからも、頑張るしか……）

ミーアは気を取り直すと、懸命に心を奮《ふる》い立たせようとした。

だが今日も今日とて、クラウスは領地内の視察に出ているため、一人きりの夕食であることを思い出す。その寒々しい光景にいる自身の姿を想像してしまい、ミーアは、はあとため息を零した。

すると背後から、聞き覚えのある声が飛んでくる。

「ミーア？　どうしたんだい、こんなところで」

その正体を察したミーアは不安な感情を気取らせぬよう、すぐにぱあっと顔をほころばせた。

「ラディアス様！　いらしてたんですね」

ラディアス、と呼ばれた青年はクラウスの数少ない友人の一人だった。

男爵家の次男で、色の濃い金髪に、美しい榛《はしばみ》色の目。背はクラウスより低いが、すらりとした長身だ。穏やかな微笑みは女性陣を虜《とりこ》にしてしまうたまらない色香があり、ミーアもつい愛想よく対応してしまう。

ちなみに最初は『レヒト公爵夫人』と呼ばれていたのだが、ラディアスの方が年上ということもあり、気軽に名前で話しかけてほしいとお願いした。

ミーアとしては、クラウスとの距離も縮められず、おまけに邸の使用人たちともうまく接することのできない自分が、周囲から『公爵夫人』などと称されることで、彼の機嫌を損ねたくないという思いからだったのだが――どうしたことか、ラディアスが親しげにミーアと呼ぶだけでも、クラウスはわかりやすく不機嫌な顔になる。

そのたびにミーアは、クラウスは友人にも関わらせたくないのか、と落ち込んだものだ。

「クラウス様にご用事ですか？」

「うん。でも今日は遠方に出ているみたいだね。また日を改めて伺うよ」

「はい、お待ちしておりますわ」

ラディアスは派手な見た目と華やかな言動も相まって、さまざまな女性と数多くの浮名を流していた。ただし誰か一人に執着することはないらしく、まるで花を渡る蝶のように、次から次へと新しい恋人を作ることで有名である。

それだけ聞くと、クラウスとは正反対の性格に思えるのだが、どういうわけか不思議と馬が合うようだ。だが公爵であるクラウスとはそもそも家の格が違うため、懐疑的な目で見ている人も多い。中には『公爵家の名を利用する気なのでは』という噂まである。

にこにこと笑みをたたえていたミーアだったが、それを見ていたラディアスが、ふと心配そうに眉尻を下げた。

「……ミーア、大丈夫かい？」

「な、何がでしょうか？」

「いや、気のせいだったらいいんだけど……何だか気落ちしているように見えたから」

その言葉にミーアは小さく息を呑んだ。だが女性の心の機微に聡いラディアス相手に、隠し続けることは逆に失礼か――と恐る恐る打ち明ける。

「……ラディアス様。こんなことを聞くのは、許されないと思うのですが……」

「な、何かな？」

「クラウス様には、……他に好きな方がおられるのでしょうか⁉」

ラディアスは最初、驚きに目を見張っていた。

だがミーアが真剣なのだと察すると、すぐに優しく目を細める。

「いや。あいつにそんな人はいないよ」

「で、でも！　一緒に食事をしていても、目も合わせてくださいませんし……いつも仕事仕事で、わたくしのことなんて、どうでもいいのかと……」

「あー……まあ、仕事は忙しいだろうからなあ」

「でもそれにしたって！　な、名前も呼んでくださらないなんて、あんまりだと思いませんか⁉」

「名前を？」

ラディアスが問い直すのを見て、ミーアはこくりと頷いた。

ミーアが抱えている不満は、お茶会や夜のことだけではない。なんとクラウスは一度として、ミーアの名前を呼んだことがないのだ。

「それに結婚式の話だって、何も言ってくださいませんし……」

入籍した当時はレヒト公爵夫妻が亡くなって日が浅かったため、喪《も》に服す間は遠慮してほしい、という親族からの要望があった。だが一年が経過した今も、クラウスから何の打診もない。

溜め込んでいた思いを一気に吐露したミーアを前に、ラディアスは困ったように頬をかくと、曖《あい》昧《まい》に微笑んだ。

「まあ彼はそのー、……素直じゃないというか、感情表現が下手《へた》というか……と、とにかく！　あいつが君を嫌っているなんてありえないから！」

「……本当ですか？」

「うん。あいつは君のことを、とても大切に思っているよ。もちろん、ぼくもね」

「まあ、ラディアス様ったら」

からかうようなラディアスの言葉に、ミーアの心は少しだけ軽くなった。取り乱して申し訳ございませんと頭を下げ、邸を後にするラディアスを見送る。

（クラウス様が、わたくしのことを……）

唯一無二の友人ともいえるラディアスの言うことだ。きっとまったくの嘘ではないだろう。だが――クラウス当人の言動からは、ミーアに対する愛情や思い入れなど一切感じられない。

（それならどうして……もっと、ちゃんと言葉にしてくださらないのかしら……）

何度も何度も繰り返してきた問い。

ミーアは胸の奥がちくりと痛むのを感じ、そっと体の前で手を握りしめた。


だがいつまでも落ち込んでいても仕方がない、とミーアはため息をつきながら、再び中庭へと戻った。使用人たちの手によって、すでにお茶会の片づけは終わっており、庭に置かれた噴水へと足を進める。

陰鬱とした気持ちを抱えたまま、ミーアは揺らぐ水面に自身の顔を映した。まるで泣き顔のように揺れるそれを見て、そっと目を閉じる。

——すると背後から突如、複数の騒がしい声が上がった。

「逃がすな！　捕まえろ！」

「不審者が侵入した！　女だ！」

「……？」

今までにない喧噪《けんそう》に、ミーアは慌てて振り返った。

すると背後に、一人の女が立っている。

長い黒髪は腰まであり、同じく漆黒《しっこく》の瞳はまっすぐにミーアを睨みつけていた。黒い生地に銀糸で刺繍《ししゅう》をしたローブを着ており、その手には杖のようなものが握られている。

すぐさま警戒するミーアに対し、女は淡々とした口調で尋ねた。

「あなたが、クラウスの奥さん？」

「は、はい……そうですが」

「そう」

すると女は手にしていた杖を、地面と水平に掲げ、その先端をミーアに突きつけた。びくりと肩を震わせるミーアに向けて、何やら不思議な呪文を口にする。

魔法だ、とミーアが気づいた時にはすでに遅かった。

「――!?」

青白い光が、一直線にミーアの体を貫く。

次の瞬間、ミーアの体はどさり、と糸が切れた人形のようにくずおれた。不思議なことに出血はなく、激痛が走るわけでもなかったが――ミーアはそのまますぐに意識を失った。


（――はっ！）

次にミーアが目覚めたのは、自室の中だった。見覚えのある寝台に窓、棚、化粧台――と眺めているうち、自分の視線が極端に低いことに気づく。

(わたくしは一体……もしかして床に寝かされているのかしら?)

手足に力を込め、一息に立ち上がる。だが体を起こしたはいいものの、どうにも安定が悪く、ミーアの体は反対側にぼてんと転倒してしまった。

(どうしたのかしら? えいっ)

勢いをつけて両手足を伸ばす。今度はうまく起き上がることができた——と思ったら、そのままころんと後ろに座り込んでしまう。あまりに自由が利《き》かない状態に、ミーアは「んんん?」と首を傾《かし》げた。

(なんだかこう……妙に体が動かしにくいといいますか……)

そういえば中庭にいる時、突然乱入した女から何かを撃たれた。あれが原因でおかしくなったのかしら、とミーアは恐る恐る自身の手を確かめる。

するとそこにあったのは、かつての細く白魚のような五指——ではなく、ふかふかとした毛に覆われた小さく短い指。そしてピンク色の肉球だった。

(……?)

猫でも抱えていたのかしら、とミーアは自身の足元に視線をずらす。

するとそこにもふもふとした丸い猫の足があった。ミーアが指先を開閉するのに合わせて、そっくり同じ動きを返している。

恐る恐る他の部分にも目を向けると、すぐにぼてっとした腹にたどり着いた。ミーアの髪色によく似た銀色の毛並みが素晴らしく、ミーアは肉球でそろそろと撫でてみる。

(これ……猫？　よね？)

ただミーアの知る猫としては、いささかフォルムに難がある気がする。

自身の現状を把握しはじめたミーアは、信じられない気持ちのまま、震える足取りで鏡台へと向かった。今朝化粧を施してもらっている時は、なんてことない高さだったはずなのに、今では見上げるような高さに椅子の縁がある。

ミーアは懸命に手と足を伸ばし、何度も何度も飛び上がると、ようやく椅子の端っこにかじりついた。なんて重たい体なのかしら、とぜいはあと息を切らしながら、ミーアはなんとか鏡の前までよじ登る。

(……嘘、ですよね……？)

そこにいたのは、銀色の毛に覆われた猫だった。

丸々とした体に、極端に短い手足。つぶれた鼻に、ちょっと困ったような真ん丸の碧眼――かつてミーアが誇っていた美貌は跡形もなく消え去っており、なんとも間の抜けた顔立ちだ。

まさか、と確かめるようにミーアは鏡面に張り付いた。すると鏡の向こうの猫も同じ仕草で接近してきて、ミーアはますますこれが現実であると思い知らされる。

(そんな……わたくしの……顔は……、か、体は……)

かろうじて残っているのは、ミーアと同じ緑色の瞳と白銀の毛皮だけ。絶望したミーアは、とにかく誰かに助けを求めようと大声で叫んだ。だが。

『ぶな〰〰〰〰〰〰！』（い――や――！）

口から出てきたのはいつもの清楚《せいそ》な声ではなく、喉の奥から絞り出すような潰れただみ声。

それを耳にしたミーアは、さらに嘆きの鳴き声を発するのであった。

「ミーア！」

ミーアに異変が起きてから一時間も経たないうちに、血相を変えたクラウスが邸に戻ってきた。

今朝執事に尋ねた時には、明日まで帰らないと言っていたから、おそらく仕事を切り上げて無理やり帰ってきたのだろう。

玄関ホールで取り乱す彼を、執事がどこかへと案内する――その光景を、ミーアは扉の隙間からこっそりと窺っていた。

（クラウス様……戻ってきてくれたのですね……）

普段の冷静さはまるでなく、ひどく慌てた様子のクラウスに、ミーアは少しだけ救われるようだった。だがこの状況で喜んでいる暇はない、とクラウスを追いかけるべく自室から飛び出す。

ぽてぽてと肉厚の足を互い違いに動かしながら、ミーアは深紅の絨毯《じゅうたん》の上を歩いた。

最初は『四足歩行とはいったい』と不安に思っていたミーアだったが、さほど違和感はない。しかし人間であった時よりもはるかに歩幅が狭く、すぐにぜいはあと息が切れてしまう。

(と、遠い……廊下ってこんなに長かったかしら……)

いつの間にかクラウスの背中は見えなくなっており、ミーアは慌てて速度を上げた。

だがその途中、背後で絹を裂くような女中の悲鳴が上がる。

「ね、猫！　猫が邸の中に！」

(――い、いけませんわ！)

邸に入り込んだ野良猫と思われたのだろう。女中はミーアを追い出そうと、ばたばたと駆け寄ってきた。ここで捕まるわけにはいかないと、ミーアは必死に逃走する。

すると前方の廊下の角から別の女中が姿を見せた。これ幸いとばかりに、後ろを走る女中が助けを求める。

「その猫！　捕まえてください！」

「え？　きゃっ⁉」

(い、いやああ！)

正面衝突しそうになったミーアは、仕方なくそのまま前方の女中めがけて飛びかかった。意外なことにこんな短い手足でもジャンプ力はあるらしく、女中の肩に前足をつくと、ぴょーいと軽々飛び越していく。

（た、助かりました……は、早くクラウス様の元に行かないと！）

たったかたったかと四つ足を走らせながら、ミーアは廊下を一直線に突き進んだ。顔を上げると、邸の一番奥にある礼拝堂にクラウスと執事が入っていくのが見える。ミーアは慌てて後を追い、扉が閉まるぎりぎりのところですするんと滑り込んだ。

（な、なんとか追いつきました、けど……）

生まれてこのかた、こんなに全力で走ったことがないミーアは、立ち上がれないほどの疲労感に襲われた。足もプルプル震えており、人間の姿だったらさぞかし惨めな状態だっただろう。

はあ、はあ、と壁際に座り込んで呼吸を落ち着ける間、ミーアはぼんやりと天井に目を向けた。

青と白を基調とした礼拝堂は、とても神聖な空間だった。

白い石造りの床には、鮮やかなアドニスブルーの絨毯が一直線に敷かれており、天井には美しいコバルトの色ガラスを用いた、大きなバラ窓と三方を囲むステンドグラス。正面には祭壇と聖櫃《せいひつ》が置かれており、クラウスは執事とともにそこに置かれた棺を覗き込んでいるところだった。

やがてクラウスの震えた声が、静まり返った堂内に落ちる。

「ミーア……ミーア……どうして、こんなことに……」

「申し訳ございません、旦那様……。邸に不審者が侵入しまして、奥様はその者に……」

「そんな……どうしてだ……」

クラウスの声色は、いつもミーアに向けられていたような冷淡なものではなかった。彼はそのまま力尽きたようにくずおれると、執事が制止するのも構わず、白い棺にすがるように悲嘆に暮れる。

その光景を目《ま》の当たりにしたミーアは、一人呆然とした。

(クラウス様? ……どうして、そんなに悲しんでおられますの?)

クラウスはミーアに対して、何の興味も関心も持っていなかったはずだ。そんな彼が、人目をはばからずに慟哭《どうこく》している。ミーアは疑問を浮かべると同時に、ぎゅっと締めつけられるような心臓の痛みを感じていた。


その状態から一時間ほど経った頃、礼拝堂に新たな人物が姿を見せた。物陰から様子を窺っていたミーアは、その姿にぎょっと目を見張る。

何故ならミーアを襲った人物と、そっくりなローブを身に纏っていたからだ。

(あ、あれは、わたくしをこんな姿にした⁉)

思わずふうっと毛を逆立てたミーアだったが、すぐに生地の色が違うことに気づいた。中庭に現れた女性は黒地だったが、今しがた駆け付けた青年は白地に金糸の刺繍が入っている。

「遅れて申し訳ございません。それで、魔女の呪いを受けた女性というのは――」

「……彼女だ」

クラウスの言葉を受けて、白いローブの青年はすぐに棺を覗き込んだ。青年は非常に困惑した表情のまま、クラウスの方を振り返る。

「これは……非常に良くない状態です」

「どういうことだ」

「……魔女の呪い。しかも相当力のある者による術とみて間違いありません」

「何でもいい。いますぐに治せ」

「魔女の使う術は、我々魔術師の《祝福》とは異なります。この術は……魔術師が対処できる範《はん》疇《ちゅう》を超えている」

(魔術師……？)

彼らの会話を聞いていたミーアは、『魔女』と『魔術師』という特徴的な単語に小さく首を傾げた。どこかで聞いたような……と必死に記憶を手繰《たぐ》る。そういえばいつかのお茶会で恋占いの話題になった時、教えてもらったことがあった。


『――恋占いをお願いするなら、絶対魔女が良いと聞きましたわ！』

『魔女？　魔術師ではダメなんですの？』

『魔術師は国に所属する方々ですから、よほどでないと依頼を引き受けていただけないのですわ。もちろん、とてつもないお金を積めば、引き受けてくださる方もいるそうですが……』

『そういえば違うと言っていましたわね。ええと……同じ魔法でも、魔術師の方が使うのは《祝福》で、魔女は《呪い》というのでしたっけ』

『魔女ってあれでしょう？　魔力持ちだけれど、よく素性がわからない方という……』

『そうそう。怪しげな薬草や生贄《いけにえ》？　を使うと聞いたこともありますわ』

『でもその分魔術師とは違う、色々なことができるのだとお姉さまが言っていましてよ』

『そうなんですのね……わたくしもお願いしてみようかしら』


（……つまり、わたくしに呪いをかけたのが『魔女』で、今ここにいる方が『魔術師』ということでしょうか……）

あの時は興味がなくてつい聞き流してしまったが、もっと詳しく聞いておくべきだった、とミーアはううと短い手で頭を抱えた。だがその苦悩は、声を荒げたクラウスによって中断させられる。

「金ならいくらでも払う！　彼女は俺にとって、たった一人の大切な妻なんだ！　だから、彼女を

「……ミーアを助けてくれ！」

そのあまりに必死な様子に、魔術師は困惑したように眉を寄せた。改めて棺の中を覗き込むも、やはり静かに首を振る。

「……申し訳ございません、私には、とても……」

「ならば誰でもいい！　ミーアを助けられる奴を呼んでこい！」

「ですから、これは」

「ミーアを！　頼むから、……ミーアを……」

（クラウス様……）

ミーアの前では声一つ荒げたことのないクラウスが、体裁も気にせず魔術師の襟元を掴んでいる。その光景を目の当たりにしたミーアは、再び張り裂けそうな胸の痛みを覚えた。

だが魔術師は悲痛な表情を浮かべたまま、ぽつりと口にする。

「――これは『氷姫《こおりひめ》の呪い』と言われる術です。魂と体を無理やり乖離《かいり》させ、体を氷のように冷たく変化させる」

「……」

「凍結された体は約一ヵ月、このままの状態で保持されます。その間に魔女が解呪の儀式を行えば、魂は戻り、生き返る。そのため悪《あ》しき魔女の多くは、解呪を条件に身内から金銭や宝石を要求する……そういった犯罪に多用される呪いです」

「金でも石でも、好きなだけくれてやる！　魔女を連れてきて解呪させればいいんだな？」

「お、落ち着いてください！　まだ続きがあります。……そうした利益が目的であれば、今の時点で魔女側から要求が届いているはずです。しかしそうした脅迫が届いていない場合――これは金銭目的の呪いではない可能性が高い」

「どういうことだ？」

「純粋な恨み、復讐……呪いをかけた魔女はこの女性に対し、強い負の感情を持っていた可能性があります」

（し、知りませんわ⁉　だってわたくし、あの魔女とは初めて会いましたのに！）

小さい時からよく物をなくし、教養や語学の結果もいつも残念なミーアだったが、人の顔を覚えることだけには唯一自信があった。物心ついてからというもの、社交界で一度知り合った人を忘れたことはなく、もし面識があれば間違いなくわかったはずだ。

しかし中庭で見た魔女は、ミーアの記憶のどこにも存在していない。一方的に恨みをかっていたことも……ないとは言い切れないが、少なくともミーア自身が手を下したことではないと断言できる。

そんなミーアの訴えを代弁するかのように、クラウスは魔術師になおも摑みかかった。

「ミーアは誰かを陥れるような人間ではない。俺なんかよりずっと純粋で、人の悪意すら疑わないような女性だ。……もういい、それならば他の魔女を呼んで解呪させる」

「そ、それが……この解呪を完璧に行うためには、体から離れてしまった『魂』も必要なんです。普通は瓶や人形といった仮の器を用意して、そこに保管をしておくものですが……今回のケースでは、魔女が魂を保持しているかどうか」

「……他の魔女に無理やり解呪させたところで、魂がなければミーアは戻ってこない、ということか……」

苦虫をかみつぶしたような表情のまま、クラウスは魔術師の胸倉を手放した。

一方それを聞いていたミーアは小さい耳をぴんと立てると、すばやく体を起こしてぴょんこぴょんこと飛び跳ねる。

（魂！　魂ならありますわ！　わたくしここにいますわ！）

だがミーアの懸命なアピールは、物陰に隠され誰からも気づかれることはなかった。

やがて魔術師が去り――残されたクラウスは再び、うなだれるように棺に寄り添っていた。時間が経つにつれ堂内の温度が下がり、見かねた執事が声をかける。クラウスは何度か首を振っていたが、やがてのっそりと立ち上がると、ずるりと重たい足取りで青い絨毯の上を歩いていった。

バタン、と正面の出入り口が閉じられたのを確認し、ミーアは恐る恐る姿を見せる。

（……クラウス様……）

しばらく扉を眺めていたミーアだったが、ぶんぶんと首を振ると、先ほどまでクラウスがすがりついていた白い棺へと駆け寄った。結構な高さがある祭壇をよじ登ると、中に落ちそうなほど前のめりになって観察する。

（わたくしの……体……）

棺に納められたミーアの体は、自身で見てもぞくりとするほどの美しさだった。

元々白かった肌は呪いの影響か、陶器のような無機質なすべらかさを見せている。繊細な銀の髪も、その一本一本が計算されつくしたかのような造形だ。伏せられた長い睫毛の下には完璧な頬や鼻のラインが続き、愛らしい唇はわずかに微笑んだ状態で硬直している。

それはまるで神が全身全霊を懸けて作り上げた、精巧な人形のようだった。

（何とかして、戻ることはできないのかしら……）

魂が必要、という魔術師の言葉を思い出し、ミーアは棺で眠る自身の頬にそうっと短い前足を伸ばした。だが肉球に恐ろしいほどの冷たさが伝播《でんぱ》し、ぴゃっと手を引っ込める。

（つ、冷たい！　本当に氷みたいですわ……）

再びそろそろと前足を伸ばす。

今度はもう少しだけ触れることができたが、どれだけ見つめても、念じてみても、一向にミーアの魂が戻るということはなかった。すっかり冷え切ってしまった肉球をぶにゃぶにゃと撫でながら、ミーアはしょんぼりと肩を落とす。

（やっぱり……魔女のかいじゅ？　というのが必要なのでしょうか……）

丸々とした体を棺の縁にのせたまま、ミーアは一人『ぶな……』と寂しく鳴いた。


結局なすすべもなく、ミーアはしょんぼりと礼拝堂を出た。すると途端にけたたましい声が再びミーアを襲う。すっかり忘れていたが、ミーアはまだ野良猫の扱いだった。

「あっ！　いた！」

「捕まえろ！」

『ぶなっ⁉』

思わず声を上げたミーアの前には、先ほど廊下で追いかけてきた女中の他に、男性の使用人や庭師などを含めたメンバーがずらりと勢ぞろいしていた。ミーアが人間だった頃は、皆とても優しくしてくれたのだが、今はぎらぎらとした狩人《かりゅうど》のような目をミーアに向けている。

そのうちの一人が突進してきて、ミーアはたまらず飛び上がった。するりと使用人たちの足元の隙間をくぐり、包囲網を突破する。

「逃げた！」

「追え――！」

（いやあああ！　こ、怖いですわ！）

ミーアは半泣きで廊下を疾走した。短い手足ではひと時も気が抜けず、ぜいはあと息を吐きながら一度ちらと後ろを窺う。だが目を吊り上げて追いかけてくる使用人たちを見て、ミーアはすぐに顔を正面に戻した。

（つ、捕まったら……どうなりますの⁉）

自室に戻るわけにもいかず、ミーアはわけもわからず邸の中を駆け巡った。

やがて偶然開いていた一階の窓を見つけたミーアは、勢いよくそこから飛び出す。すぐ下にあった茂みの中で息を潜めていると、建物の中からやれやれという使用人たちの声が聞こえてきた。

「はーやっと出ていったか……」

「奥様のこともある。もうこれ以上変な奴を入れるなんてできないぞ」

「門番にも厳しく言っておこう。猫一匹通すなと」

その会話を聞きながら、ミーアはぶるぶると体を震わせた。

やがて使用人たちは各々の持ち場へと戻っていき、ミーアも恐る恐る茂みから顔を覗かせる。

（き、気をつけないといけませんわ……）

気づけばすっかり日が落ちており、ミーアはどうしよう……と眉尻を落とした。先ほどの運動が効いたのか、丸々としたお腹の中からぐうう、という悲しい訴えが聞こえてくる。そういえばお茶会の時から何も食べていませんわ、と思い出したミーアは、はっと目を見開いた。

（しょ、食事は……⁉　わたくしの食事は……？）

人間だった頃は、何も言わずとも食事の支度《したく》が整えられていた。だが今のミーアには当然用意されるはずもなく――と気づいた途端、いっそう空腹感が増加する。

仕方なくミーアは人目を忍ぶようにして、裏手にある厨房《ちゅうぼう》へと向かった。


今まで一度も訪れたことがなかったそこには、多くの料理人たちが立ち並んでおり、彩り鮮やかな食事を手際よく準備していた。その光景を窓枠からへばりつくようにして見ていたミーアは、目をキラキラと輝かせる。

（お、美味しそう……お肉、お魚、デザートまで……！）

以前のミーアは体重が増えるのを嫌い、準備された晩餐《ばんさん》の大半を残していた。お茶会でお菓子を食べすぎたから、とまったく手をつけなかった日もある。今となってはなんてもったいないことを……と後悔するばかりだ。

（うう、今でしたら、全部いただきますのに……）

見事な料理の数々を前に、ミーアのお腹はぐうぐうと騒ぎ立てている。だがこの姿で厨房に立ち入ろうものなら、先ほど以上に追い回されるのは必至だ。ミーアはしょんぼりと窓枠から離れ、ぽてぽてと短い足で移動する。

（おなか……おなかがすきましたわ……）

するとミーアの眼前に、大きな木箱が現れた。厨房の壁際に設置されたそれをミーアが見上げていると、厨房から見習いの若い料理人が出てくる。彼の手には白いお皿があり、ミーアはぱあと口を開けた。

（も、もしかして、わたくしの食事⁉）

だがミーアの予想は当然外れ、厨房からのんきな声が飛んでくる。

「ヴィル、それ捨てといてくれー」

「はーい！」

するとヴィルと呼ばれた見習いの少年は、皿にあった古い料理をまとめて木箱の中に捨てた。

これはゴミ箱だったのね、とショックを受けるミーアをよそに、ヴィルは慌ただしく厨房へと戻っていく。誰もいなくなったのを確認してから、ミーアはそろそろと木箱に近づいた。

（まだ、食べられそうですのに……）

しかしこれは捨てられた食材なのだ、と思い出したミーアは慌ててぶんぶんと首を振った。いくら緊急事態とはいえゴミを漁《あさ》るなんてと必死にこらえる。

だがお腹は無情にもくるるると悲鳴を上げており、ミーアは人間時の数倍にもなる飢餓《きが》感を抱えていた。やはり体が小さい分、空腹感も強いのだろうか。

（わたくしはゴミなんて……でも、このままでは死んでしまいます……）

しばらく悩んでいたミーアだったが、そっと木箱へと手を伸ばした。とて、とてと両前足を箱の縁にのせる。このまま飛び上がれば――と想像したところで、ミーアは再びだめだわと手をひっこめた。

後ろ髪――後ろ髭《ひげ》を引かれるような思いで、渋々そこから立ち去ろうとする。

するとヴィルが再び厨房から現れ、ミーアはびくりと毛を逆立てた。だがヴィルはミーアを追い回すでもなく、目が合うとにっこりと微笑んでくる。

「お、猫だ」

驚きのあまり硬直したミーアの前にしゃがみ込むと、ヴィルはミーアの頭を優しく撫でた。どうやら下っ端である彼には、今日侵入した野良猫の話題は届いていないようだ。

「あはは、お前変な顔だな」

『ぶな――!』(な、なんですってー!)

思わず声が出てしまい、ミーアは慌てて口を閉じた。

ヴィルは再びあははと笑うと、よしよしとミーアの喉を撫でる。

「お前、お腹すいてないか? おれ今から休憩だから、ちょっと待ってな」

そう言うとヴィルは一旦厨房に戻り、小さなパンと二つの食器を手にミーアの元へ戻ってきた。

ミーアの前にことんと置かれた木の器には、ヤギのものと思われるミルクが半分ほど入っている。

飲んでいいのかしら、とミーアがためらっていると、ヴィルは手にしていたパンを小さくちぎってミーアの前に置いた。

「ほら、食べていいぞ」

こんな貧相な食事……とミーアはそっぽを向きたくなったが、ぎゅるるという腹の虫に負け、置かれたパンを手に取った。かじりと咥《くわ》えるが、硬すぎてぽろと口から落としてしまう。

（か、硬い……こ、これは本当にパンですの⁉）

よく見ればミーアがいつも食べていた白っぽいパンではなく、ぎゅっと目の詰まった黒い生地をしていた。地面に落として以来口をつけなくなったミーアを見て、ヴィルはあーあと声を上げる。

「硬いって？　贅沢な奴だなあ」

するとヴィルは手にしていたパンをちぎると、いくつかミルクの器に落としてくれた。ふにゃと柔らかくなったそれを見て、ミーアはぐぬぬと眉を寄せる。

（うう、食べずに死んでしまうよりは……）

観念した様子で、ミーアはそろそろと牛乳のひたったパンをかじった。

先ほどまでの歯が砕けそうな硬さはなく、かろうじて喉に運ぶことができる。ミーアは空腹感を埋めるよう、必死になってそれを食べた。

「やっぱりお腹減ってたんだな」

（――に、人間に戻るまでの、我慢ですわ……！）

よほどお腹が減っていたのか、ミーアはミルクも含めて見事に完食した。生きてきた中で一番美味しい食事だったような気もして、ミーアはふうと満足げに息をつく。

ようやく落ち着いたところで、隣にいるヴィルに目を向けた。

下っ端らしき少年は、硬すぎてミーアが拒否したパンを嬉しそうに頬張り、もう一つの器に入れてあったスープを口に運んでいる。だがスープといっても、野菜や肉の切れ端がわずかに入った程度のものだ。

(この子は……いつもこんな食事を?)

ミーアとて、自分と使用人たちの食事が違うことは知っていた。

だが具体的にどんなものを食べ、どれだけの差があるかまでは把握していなかったのだ。

(わたくしは……あんなに料理があっても……すぐに残して……)

なんだか申し訳なくなったミーアは、彼の膝へと手を伸ばした。短い手でお礼を言うミーアが面白かったのか、ヴィルは眩しい笑顔を返してくれる。

だがその直後、背後から雷のような怒声が響き渡った。

「あっ!　あの猫、こんなところに!!」

『ぶにゃっ!?』

どうやら使用人の一人がミーアに気づいたらしく、大声で怒鳴りつけてきた。驚き振り返るヴィルを残し、ミーアは脱兎《だっと》――脱猫の勢いで走り出す。

(せ、せっかく、安全なところを見つけたと思いましたのに……!)

おそらく他の使用人から、ヴィルにも事情が伝えられるだろう。

もう戻ることはできないと、ミーアは短い足を懸命に動かしながら、敷地内を逃げまどった。


（……うう、……）

すっかり夜も更けた頃、ミーアは倉庫の隅で小さくうずくまっていた。

運の悪いことに夕方から雨が降り始め、ふっかふかだったミーアの毛並みは、今はぺったりと体に張り付いている。髭も心なしか下向きになり、ミーアはいよいよ惨めな気持ちで『ぶな……』と零した。かろうじて屋根のある場所を見つけたものの、体は冷えきりガタガタと震えている。

（さ、寒いですわ……そうか、夜ですものね……）

いつもであればこの時間は、侍女のレナに着替えを手伝ってもらい、最高級のナイトドレスと毛布にくるまれて、ぬくぬくとした寝台で夢を見ているはずだった。だが猫になったミーアにそんなものはあるはずがなく、硬い石の上で雨と風による寒さを耐え忍ぶのに精一杯だ。

（誰か……誰か助けてくださいませ……）

するとそこに誰かの人影が見えた。今までの経験からミーアは慌てて立ち上がると、ぎゅっと身を押し固める。ふうう、と知らず口から威圧の声が漏れたが、その人物はミーアを捕まえるのではなく、ただ穏やかに声をかけてきた。

「あなたもしかして、邸に忍び込んだっていう猫ちゃん？」

その顔を見て、ミーアは目を見開く。

（レ、レナ！　レナじゃありませんの！）

少しだけ警戒を解いたミーアに対し、レナはなおも優しく話しかけた。

「大丈夫？　怪我はしていないみたいだけど……ここにいると危ないから、早めに逃げた方がいいわ。奥様が大変なことになって、みんな気が立っているみたいだから……」

『ぶ、ぶな――ぶにゃにゃ――！』（わ、わたくしがその奥様ですのに！）

必死に騒ぎ立てるミーアを見て、レナはしーっと自身の唇の前に指を立てた。鳴き止んだことを確認すると、手が汚れるのも構わず優しくミーアの頭を撫でてくれる。

「奥様……ずっと頑張っていらしたのに、どうしてあんなことに……」

（……レナ？）

「私たちに厳しくあたられることもあったけど、このお邸に来られた当初は、とても優しい方だったのよ。でもクラウス様と一緒に過ごされる時間がどんどん減って……私たちがもっと、不安を取り除いてさしあげられたら良かったのに……」

レナのその言葉に、ミーアは思わずうつむいてしまった。

（皆さん、気づいていたのですね……）

邸の使用人はすべてクラウスの味方――とミーアは決めつけてしまっていた。

だがレナたちなりに、ミーアの大変な状態を理解し、その上で懸命にとりなそうとしてくれていたのだ。そんなことも知らず、自分はなんてことを……とミーアはしょんぼりと丸くなる。

すると元気がないと察したのか、レナが慌てて立ち上がった。すぐさま周囲を見回すと、倉庫の中から一枚の毛布を持ってきてくれる。

「これ、捨てる予定だったからあげるわね。あったかくして風邪ひかないように」

『ぶな……?』(いいんですの……?)

「こんなことしかできなくて、本当にごめんなさい……」

丸めて置かれた毛布の上に、ミーアは恐る恐る足を進めた。手足を縮めて丸くなると、意外なほど収まりがよく、ミーアはほっこりと髭を上向かせる。それを見たレナはミーアの頭をひと撫でして、使用人棟へと戻っていった。

(レナ……ありがとうございます)

こんなに薄汚れたミーアに対して、追い出すでもなく優しく接してくれる。かつて冷たく当たってしまった日のことを反省するように、ミーアはそっと毛布に頬を擦り付けた。

(もう少し、相談してみれば良かったですわ……)

レナがくれた毛布は本当に暖かく、ミーアは手足を体の下に押し込めるようにして丸くなる。やがて疲れが限界に達したのか、ふつりと糸が切れるかのようにミーアの意識は途切れた。

一夜明け、毛布の中で目を覚ましたミーアはしょんぼりと髭を落とした。

体は相変わらず丸々とした猫のままだ。

(全部夢だった、……なんて、あるわけないですわ……)

これからどうすればいいのか。

レナに言われた通り、この家にとどまり続けるのは危険だ。かといってここからミーアの実家までは相当の距離があり、この短い足ではとてもたどり着けない。

それにミーアとしても、この姿のまま一生を終えるつもりはなかった。

(わたくしの体が無事な以上、戻れる可能性はあるはずですわ！)

あの魔術師は無理だと言っていたが、魔女を捕まえれば人間として甦《よみがえ》れるに違いない――と、ミーアは己を奮《ふる》い立たせるように立ち上がる。

するとまるで示し合わせたかのように正門が開き、たくさんの男女が本邸へと入ってきた。それを目撃したミーアはぱあっと目を輝かせる。

(み、みなさん！　来てくださったのですね！)

それは昨日お茶会を共にした、ミーアの友人たちだった。

おそらくミーアの一大事を聞きつけて、駆けつけてくれたのだろう。

玄関ホールで執事に挨拶をする彼らの背後を通り抜け、ミーアは一足先に礼拝堂の建物へと向かった。さすがに中に入ることはできないため、外から覗く作戦だ。

礼拝堂の窓でミーアが待機していると、やがてクラウスと執事、友人たちが堂内に現れる。棺で眠るミーアを前に、友人たちは口々に嘆き悲しみはじめた。

「ミーア！　ああ、なんていうことだ……！」

「魔女の呪いですって……なんて恐ろしい……」

「こんなに美しいのに……亡くなられているんですね……」

（まだ死んでいません！　死んでいませんわよ！）

女性陣は棺に手を添えて涙を流し、男性たちもまた沈痛な言葉をミーアに捧げている。やがてクラウスが、暗く沈んだ声で彼らに問いかけた。

「急に呼び出して申し訳ない。この中で、ミーアを襲った魔女に心当たりがある者はいないだろうか」

「と、言われましても……僕たちはお茶会に呼ばれただけでしたから」

「ミーア様は最後まで、私たちを見送ってくださいましたわ。その時には魔女の姿なんてありませんでした」

皆がうんうんと同意するのを見て、クラウスは俯き、短い感謝の言葉だけを残した。

その後、ひとしきりミーアとの別れを惜しんだ旧友たちは、執事に連れられ礼拝堂を後にする。

それを見たミーアは再び、猛ダッシュで玄関へと駆け戻った。

「皆さま、本日はご足労くださり心より感謝申し上げます。ことが落ち着くまで、くれぐれもこのことは内密にお願いできましたらと」

「もちろんです。僕たちで協力できることがありましたら、何でもお力添えいたしますと、レヒト公爵様によろしくお伝えください」

「旦那様もお喜びになることでしょう。本日はありがとうございました」

執事に見送られた旧友たちは、馬車へ戻るべく正門までの道を歩きはじめた。その途中、なんとかして彼らに接触できないかとミーアはタイミングを計る。

(皆さまでしたら、わたくしのことに気づいてくださるかも！)

万一ミーアだとわからなくても、優しい友人たちのことだ。家に連れ帰って食事と寝場所を与えてくれるかもしれない、とミーアは必死になって彼らの後をつける。

だがその直後、衝撃的な言葉が先頭を歩く令息の口から零れた。

「あーあ、せっかくのいいコネだったのになー」

「ほんと、ちょっと褒めておけばすぐ援助してくれるし、助かってたんだけどなあ」

(……え？)

ミーアは思わず足を止めた。

すると男性陣の後を歩いていた女性陣が、ちょっとーと笑いながら諫《いさ》める。

「言い方酷すぎ。アンタたちだって、ミーアのことさんざん可愛いだの美しいだの、ちやほやしてたくせに」

「いやー可愛いのは可愛いけど……まあ、それだけじゃん？　第一結婚してるのに、本気で奪いたいとかないって」

「お前らだって、いつもミーア様ミーア様って、付きまとってたじゃん」

「だって、ミーアがいると見栄えが良いっていうか……パーティーでも『おおっ！』って目で見られるじゃない？」

「そうそう。それに欲しいって言ったら、高い宝石簡単にくれたりするし、やっぱり公爵家は違うわ～って感じ」

「てかレヒト公爵様、初めてお会いしたけど噂で聞くよりずっと素敵じゃない⁉　あたし再婚相手に立候補しちゃおうかしら」

それは、今までミーアが聞いたこともない言葉遣いだった。だが間違いなく彼らの口から発せられているのを見て、ミーアは頭を殴られたかのような衝撃に襲われる。

（どういうことですの……？　みなさまは、わたくしのお友達では……）

確かに「少し困っている」という令息の悩みを聞いて、それとなくクラウスに援助をお願いしたことはあった。欲しいとねだられた貴金属を譲ったことも記憶にあるが、あくまでも友達に対するプレゼントと思ってしたことだ。

しかし今の言葉を聞く限り、彼らにとってミーアは――『公爵家へのコネ』であり、『都合のいい援助元』であり、『見た目は良いけど、何も考えていないお人形さん』だったのだろう。

（そんな……いままで、ずっと……）

それでも、とミーアは恥を忍んで足を進めた。彼らに助けを求めなければ生きていけない自分の惨めさに歯噛みしつつ、ようやく彼らの前に姿を現す。ミーアを発見した友人たちは、あれと声を上げた。

「やだ、猫じゃない？」

「お、ほんとだ」

（お願い……誰でもいいの、助けて……）

すがるような気持ちで、ミーアはそろそろと彼らの足元に近づく。だが彼らはミーアと気づくどころか、接近してきたミーアを見て「うわっ」と嫌そうな声を上げた。

「うわ、近づくなよ。靴が汚れるだろう」

「変な顔してるなあ。野良猫かな」

「公爵ともあろう方が、こんな猫飼うわけないだろ」

「なんか泥だらけじゃない？　汚いから追い払って」

やがて令息の一人が、威嚇《いかく》するように靴裏を強く地面に叩きつけた。その音にミーアはびくりと肩を震わせたが、辛抱強く彼らの周りをうろうろする。

『な――！　ぶなあ――！』（お願い！　だれか、一人でいいから！）

「ふふっ、変な鳴き声ねえ」

「もう、どっか行ってったら」

だがミーアの懇願は届かず、友人たちは汚いものを見るような視線を向けたあと、そのまま正門前に停めていた馬車に乗って各々の家へと戻っていく。

その光景を茫然と眺めていたミーアは、ついに両眼からぼろぼろと大粒の涙を零した。

『……な――あ……んな――あ……』

すべて嘘だったのだ。

彼らが求めていたのは、ミーアの家柄と見た目だけ。

だからこうして――猫の体と声になったミーアに、気づくこともない。

『な――あ。ぶな――あ……』

誰もいなくなった広い庭の片隅で、ミーアは一人泣き続けていた。


やがて日が暮れ、行くあてを失ったミーアは、使用人たちに見つからないようとぼとぼと裏庭をさまよっていた。

『な、……んな……』

鳴き過ぎたせいか、もう声もうまく出すことができない。悲しいことにどんな状況でもお腹は減るらしく、ミーアは再びきゅるきゅるという空腹と戦っていた。だが昨日の少年に頼ることは難しいだろうと、食べ物を求めて歩き回る。

その途中、厨房の裏に置かれたゴミ箱が目に入った。

何か口にしなければ本当に死んでしまう、と命の危機を察していたミーアは、しばらくその場に立ち止まった。しかしどうしても決心できず、くるりと背を向ける。

ふらつく足取りとかすむ視界の中、ミーアはふらふらと歩き続けた。

(ここは……礼拝堂……?)

気づけばミーアは、昼間に訪れた礼拝堂の近くに来ていた。

せめて夜露をしのげないか、と残された力を振り絞って窓枠に前足をかける。すると中には、一人で佇むクラウスの姿があった。

(クラウス、様……)

クラウスはミーアの体が眠る棺の前にしゃがみ込み、祈るように体を寄せていた。小さな声が聞こえた気がして、ミーアは平たい耳をぺたりと窓ガラスにくっつける。

『ミーア……ミーア……』

クラウスは、泣いているようだった。

誰もいない、明かりもない礼拝堂で、冷たくなったミーアの前で涙を流している。その光景に、ミーアは再び目じりに悲しみを滲ませた。

(クラウス様……あんなに、悲しんで……)

ミーアは以前レナに向かって、自分がどうなってもクラウスは悲しまない、と零したことがあった。だが現実は——見ているこちらがつらくなるほど絶望している。

『ミーア……お願いだ。いますぐ俺の前に戻ってきてくれ……頼むから……』

(——!)

クラウスの言葉に、ミーアは思わず声を上げようとした。だがすぐに二の句を呑み込む。よぎったのは、先ほどの旧友たちの言葉だ。

(だ、だめですわ……今のわたくしはこんなに汚れたみっともない見た目で……きっとクラウス様にも、嫌われてしまいます……)

もしも姿を見せて、クラウスから拒絶されたら——そう考えるだけで、ミーアは生きる理由を失ってしまいそうだった。絶対に無理、とミーアは一人窓枠を離れ、礼拝堂を後にしようとする。

だが前足を下ろす途中、爪が窓枠にひっかかり、がたんとガラスを揺らしてしまった。まずい、とミーアが思う間もなく、中にいたクラウスと目が合ってしまう。

(に、逃げませんと……!)

だがミーアが動きだすより早く、クラウスがこちら側にある扉にずかずかと向かってきた。外に出てきたクラウスは、あっという間にミーアの前に立ったかと思うと、眉間に皺を寄せたままこちらを見下ろしている。

その迫力は人間時代に感じた数倍は恐ろしく、ミーアは全身の毛をぶわっと逆立てた。

（どどど、どうしたらいいんですの⁉　と、とにかくここから逃げませんと……）

しかし抜け出す隙もなく、クラウスは上から手を伸ばしてくる。ミーアはひいいと目を瞑って身構えたが――そのままふわり、と暖かいものに包まれた。

（……？）

恐る恐る目を開くと、そこはクラウスの腕の中だった。

高価《たか》そうな襟に汚れた肉球が触れており、ミーアは慌てて手を離す。

「こら、暴れるな。意地悪しないから」

（ち、違いますわ！　このままだとお洋服が！）

じたばたと体を捩るミーアを、クラウスは服がめちゃくちゃになるのも構わず抱きしめた。

やがて散々な状態になったシャツを目の当たりにして、ミーアはごめんなさい、と耳をぺたりと頭に付ける。だがクラウスは怒るでもなく、よしよしとミーアの頭を撫でた。

「お前、捨て猫か？」

『……』

「随分やつれているな……ごはんをもらっていないのか」

想像とはまるで違うクラウスの優しい反応に、ミーアは言葉を失っていた。

（てっきり追い払われると思いましたのに……それに、服を汚されたことも気にしていないみたいですわ……）

でもこの姿では……と落ち込むミーアに向けて、クラウスはなおも穏やかに言葉を続ける。

「首輪もないいな……こんなに可愛いのに」

（……⁉　い、今、可愛いって……）

「丸々として、手足も小さくて可愛い。顔も天使みたいだ。それに……あいつに似てる」

そう言うとクラウスは嬉しそうに目を細め、ミーアをそっと抱きなおした。一方ミーアは、人間だった頃には一度もクラウスからかけられたことのない賛辞と笑顔を前に、思考回路が熱暴走を起こしかけている。

（な、か、かわい、可愛いって、今のわたくしが⁉　それにあいつって誰ですの⁉）

「あれ、お前よく見ると緑色の目なんだな。……ミーアとそっくりだ。もしかしたら神様が、俺に慈悲《じひ》をくださったのかもしれないな」

やがてクラウスはミーアを宝物のように撫でると、よしと小さく呟いた。

「お前は今日から『ミーア』だ」

（は⁉　えっ⁉）

突然のことに、ミーアは「まさかわたくしだと気づいて!?」と期待に胸を高鳴らせた。

だがクラウスは本物の猫だと思い込んでいるらしく、すりすりと自身の頬をミーアの頭に擦り付けると、今まで聞いたことがないほど甘い声で囁く。

「今日からうちに来い、ミーア」

(――ク、クラウス、様!)

その過剰すぎるスキンシップに、ミーアは思わず『ぶなあああ……』と降参の声を上げた。その瞬間、自分の口から漏れただみ声が恥ずかしくなり、ミーアは思わず口元を手で押さえる。

しかしクラウスは変な声だと笑うこともなく、驚いたように目を丸くすると、すぐに顔をほころばせた。

「そうか、嬉しいか」

『ぶなあ、んなあ――』(ぜ、全然伝わっていませんわ……!)

だがしっかりと抱きしめてくれるクラウスの腕の中は、レナからもらった毛布よりもさらに暖かく――ついに緊張の糸が切れたミーアは、クラウスの胸の中で『うなう、うなう』と唸るように泣き続けたのだった。

第二章　クラウスの素顔

こうして一晩が明け、ミーアは愛猫《あいびょう》『ミーア』として新たな生活を送ることとなった。

まずは女中から、溜めたお湯で泥だらけの体を丁寧に洗ってもらい、最高級のタオルで優しく拭いてもらう。涙の跡が酷かった目元も綺麗にしてもらい、ミーアはようやくふうと息をついた。

（……綺麗にはなったけれど……相変わらず、真ん丸ですわ……）

ミーアは鏡の前で、しげしげと自分の体を眺める。

試しに前足を出してみるが、鏡の向こうの猫も同じように短い前足を伸ばすだけ。鏡面に肉球を押し当てたまま、ミーアはどうしましょうと眉を寄せる。そこでふと、ミーアは形容しがたい既視感に襲われた。

（なんでしょう？　わたくし、この猫をどこかで見たような……）

もちろん本物の猫は何匹も見てきたが、こんなスタイルの猫は見たことがない。では一体どこで——とミーアが必死に記憶を手繰《たぐ》っていると、嬉しそうなクラウスが扉を開けてやってきた。よしよしと額を撫でてくれ、その心地よさにミーアは思わず目を細める。

「また一段と可愛くなったな。毛並みも美しい銀色だ……ミーアの髪を思い出す」

（わ、わたくしですか？）

「触れたことは一度もなかったが……きっと、こんな風に柔らかかったんだろうな」

クラウスの声が沈んだ気がして、ミーアはおそるおそる彼を仰いだ。真っ赤な瞳はたしかにミーアを見ていた——が、その奥には深い悲しみが宿っているように見える。たまらずミーアが『うなぁ』と呼びかけると、クラウスははっと目を見開いた。

「そうだった。ミーア、これを」

『ぶな？』（はい？）

そう言ってクラウスが見せてくれたのは、立派な宝石のついた首輪だった。

真ん中には大粒のダイヤモンド。左右にはミーアの目によく似たエメラルドが配置されている。

こんな豪華なものをと驚くミーアをよそに、クラウスは素早く首元に手を伸ばしてきた。

「迷子になるといけないからな」

（く、くすぐったいですわ！　それに、ク、クラウス様から直接着けていただけるなんて……）

人間だった頃のミーアが一度も味わったことのない経験を、猫になって味わう衝撃に悶えつつ、ミーアはそのくすぐったさに身を捩った。

やがてちゃりという小さな音の後、きらきらとした輝きがミーアの首に宿る。まるで測ったかのようにぴったりだ。それを見たクラウスはどこか懐かしむように目を細めた。

「可愛いな、よく似合ってる。……思えばミーアも、華やかなドレスや宝石が好きでよく身に着けていたな。どれもすごく綺麗だった」

（クラウス様……）

「恥ずかしくて、とても口にはできなかったが……もっとちゃんと伝えていれば、ミーアも喜んでくれたんだろうか……」

ミーアがどれほど着飾っても、あの頃のクラウスは何も口にしなかった。だからてっきり関心がないのだと思っていたのだが——なんとなく恥ずかしくなったミーアは、首輪を着けた状態で改めて鏡の方を向き直る。

人間だった頃は、これよりももっと立派なネックレスや可愛いイヤリングをいくつも身に着けていた。しかしそのどれよりも、今身に着けているこの首輪が一番愛おしく感じられて、ミーアは思わず『ぶなぁ！』と感嘆の声を上げる。

それを聞いたクラウスも満足したのか、鏡の向こう側でうんうんと頷いていた。

「よし、では行こうかミーア」

『なーあ？』（どこにでしょうか？）

そう言って首を傾《かし》げていたミーアが連れてこられたのは、なんとクラウスの執務室だった。

結婚当初から入ってはいけないと、釘を刺されていたのに……と愕然とするミーアだったが、驚くのはそれだけではない。

「ほらミーア、おいで」

（え⁉　ええっ⁉）

豪奢《ごうしゃ》な椅子に座ったクラウスが、ぽんぽんと自身の膝を叩いていた。あまりの急展開に理解が追い付かなくなったミーアは、絨毯《じゅうたん》の上でクラウスを見上げたまま硬直してしまう。

するとミーアが来てくれないと察したのか、クラウスはあからさまに表情を陰らせた。

「……やっぱりダメか」

（い、いえその、ダ、ダメというわけでは……）

その顔があまりにも沈痛で、ミーアの気持ちはおろおろと揺れ動く。

（せ、せっかく呼んでくださっているのですから……！）

ようやく覚悟を決めたミーアは、高級な椅子の縁に前足をかけると、えいやっとクラウスの膝に飛び乗った。その瞬間クラウスの表情が、まるでこの世の春が訪れたかのように晴れやかになる。

「ミーア！　やっぱりお前は可愛いな……！」

（うう、は、恥ずかしいですわ……）

だがここまで嬉しそうなクラウスを前に、すぐに降りるわけにもいかないと、ミーアは諦めて短い手足を彼の膝の上で丸めた。しっかりと張った太ももは固く、ミーアは位置を決めかねる。なんとか体が落ちつく場所を見つけると、そろそろと体重をクラウスに預けた。

そこでようやくミーアは、はっと目を見開く。

（わ、わたくし……何を馴染んでいますの⁉）

二日間猫生活を続けてきて、体が慣れてしまったのだろうか。本物の猫のような行動をとってしまったことに、ミーアは若干ショックを受けていた。だがクラウスはそんなことを知るよしもなく、ミーアの背をよしよしと撫でており——それがたまらなく心地よくて、ミーアは次第にうとうとしはじめる。

（ね……眠たい……でもダメですわ……このまま寝てはクラウス様の、……おしごとの、じゃま、に……）

必死に瞼《まぶた》を押し上げるミーアだったが、ここ数日の疲れが一気に出たのだろう。クラウスの大きな手のひらに包まれたまま、やがてすやすやと寝息を立てはじめた。

わずかに聞こえた教会の鐘の音に、ミーアはしぱしぱと目を覚ました。

ぼんやりとした意識のまま、ゆっくりと頭を巡らせる。

（……ここは、どこでしょう……）

だが次の瞬間、ここが自分の部屋ではなく、クラウスの執務室だったことを思い出した。ミーアの眠気は一気に吹き飛んでしまい、慌てて窓の外を確認する。太陽の傾き方を見たミーアは、思わず絶句した。

（わ、わたくし、こんな時間まで寝ていましたの!?）

さらに肉球に伝う感触に気づき、ミーアは『なあ……』とそろそろと足を上げた。そこには寝落ちした時と変わらない状態でクラウスの膝がある。

（も、もしかして、わたくしが寝ている間、ずっとこのままの体勢で⁉）

動揺したミーアは、今すぐどかなければと立ち上がった。

すると当のクラウスは怒るわけでもなく、穏やかな口調で微笑む。

「ん？　起きたのか、ミーア」

『ぶな——う、な——う……うう、……』

（も、申し訳ございません、クラウス様！　わたくしとしたことが、こ、こんな重たい体で、長い時間……）

ミーアは必死に謝罪したが、当然クラウスに通じるはずもなかった。だがクラウスはまるでミーアが心配しているのがわかるかのように、そっと額を撫でてくれる。

「良く寝ていたな。気持ち良かったか」

『……ぶなぅ』

正直なところ、相当気持ち良かった。

と言うわけにもいかず、ミーアは逃げるように絨毯へと下り立った。するとタイミングよく執事が現れ、食事の準備ができたとクラウスに告げる。

「ああ、すぐに行く」

その瞬間——クラウスの声は冷たいものに一変し、ミーアはあまりの変貌にびくりと毛を逆立てた。だが直後、椅子から立ち上がろうとしたクラウスが、突然「いたた……」とひとりごちる。

どうしたのだろう、と不安げにミーアがうろうろと歩き回っていると、それを見たクラウスが苦笑いを浮かべた。

「だ、大丈夫……少し痺れただけだ」

『ぶにゃ――あ！』（い、いや――！）

やっぱり重かったんだわ、とミーアは半泣きになりながらクラウスの足元に擦り寄った。


その後クラウスの足はなんとか復活し、食事の場へと移動した。

信じられないことに、クラウスは執務室からダイニングへ移動する間も、ミーアを抱きかかえたままである。

（うう……恥ずかしいですわ……）

執務室でクラウスから手を差し伸べられた時、ミーアもさすがにと顔をそむけた。だが先ほど同様、クラウスがとんでもなく悲しそうな顔をするものだから、心が折れてついつい近づいてしまったのだ。

するとあれよあれよという間に抱き上げられ――クラウスの腕の中に包まれたまま、廊下を歩く間も、ダイニングにいる間も、使用人たちに見守られるという辱《はずかし》めを受けるはめになった。

やがて席に着いたクラウスは、ミーアを膝の上に乗せる。

いつまで傍に置いておくつもりでしょうか……とミーアが首を傾げていると、執事が恭《うやうや》しく白い皿を運んできた。その匂いにミーアは鼻をぴくんと震わせる。

(……何でしょう、とても美味《おい》しそうな……)

「旦那様」

「ああ」

執事から皿を受け取ったクラウスは、興味津々《しんしん》といった様子で見上げるミーアを前に、嬉しそうに口元を緩めた。ようやく眼前に下りてきたそれを見て、ミーアはぱあっと目を輝かせる。

(しょ、食事！　もしかしてわたくしの食事ですの⁉)

皿にのっていたのは、肉や魚をペースト状にして焼き上げたパテ・テリーヌ。黄金色のソースがかけられており、周囲にはハーブやトマトも飾られている。するとクラウスは、手にしたスプーンで一欠片《ひとかけら》切り分けると、そっとミーアの口元に運んできた。

「ミーア、ほら」

(……もしかして、このまま食べろということでしょうか……？)

ようやく我に返ったミーアは、ちらっと周囲の様子を観察する。壁際にずらりと並び立つ使用人たちは、我が主のすることに意見などいたしません、とばかりに目をそらしていた。

それを見たミーアは『今は猫なのだから大丈夫』と思う反面、どうしても頭の中で人間姿の自分が邪魔をする。

（い、いくら猫の姿とはいえ、ひ、人前で、クラウス様から、食事を与えられるなんて……！）

やっぱり恥ずかしい、とミーアは心が痛むのを承知で口を閉じ続けた。だが困ったことに、クラウスもまた頑としてスプーンを下ろす素振りを見せない。一分、二分と経過し、ミーアはいよいよ沈黙に耐えられなくなってきた。

『……うにゃ……』（は、はやく、この場から逃げたいですわ！）

結局ミーアが折れることとなり、クラウスの手ずから食事を頬張った。不満げにうにゃうにゃと咀嚼《そしゃく》していたミーアだったが、すぐにほわっとした恍惚《こうこつ》の表情を浮かべる。

（――な、なんて美味しいのかしら！　うちのシェフは天才でしたのね！）

なめらかな舌触りに、鶏肉のうまみがじわりと染みている。猫用ということで、味付けも控えめにされているようだ。一口食べればあとは一緒、とばかりにミーアはクラウスが差し出すそれを、残さずすべて食べ終えた。

「美味しかったか、ミーア」

『うなぅ』

満足げに喉を鳴らしたミーアに、クラウスもまた幸せそうに微笑みを向けた。

その後クラウス自身も食事をとりはじめたが、その間も終始ミーアを膝に乗せたままだ。邪魔をするわけにもいかず、ミーアは衆人環視《しゅうじんかんし》の中で耐え忍ぶように息を潜める。

（こんなに多くの方がいる前で、クラウス様の膝に乗っているなんて……人間の姿でしたら、恥ずかしすぎて倒れてしまいますわ……）

やがて食事を終えたクラウスは、来た時同様ミーアを抱きかかえたまま執務室へと戻っていく。帰りは自分で歩けます、とミーアなりに何度か主張したのだが、クラウスには甘えて鳴いているようにしか聞こえなかったようで「わかったわかった」と言いながら、軽々と抱き上げられてしまった。

（執務室でもダイニングでも一緒……おまけに歩く時まで抱っこなんて……）

力強いクラウスの腕にもたれながら、ミーアはふと人間姿の自分を想像してみる。

仕事中も、食事をとるのもクラウスの膝の上。クラウスが食事をとり分けて、ミーアに差し出してくれる。おまけに廊下を歩くときもクラウスに横抱きにされたまま——とまで描いたところで、ミーアはぶんぶんと妄想を払いのけた。

（あ、ありえないですわ！　クラウス様が、そんなべたべたと……人目も恥じらわぬ、こ、ここ、恋人のような、こと……するわけないですから……！）

やがて執務室に到着したクラウスは、再びミーアを膝に抱いて仕事を再開しようとした。

だが今度こそ痺れさせるわけにはいかないと、ミーアは椅子から飛び下りると、全身の毛を逆立てて抵抗する。迫るクラウスの手からするりぬるりと必死に逃れているうち、ようやく諦めてくれたのか、クラウスはミーアが眠る用の籠《かご》を手配してくれた。

ふっかふかの綿と毛布が敷き詰められた寝床に丸まりながら、ミーアはぼんやりとレナのくれた毛布について思い出す。

（あの毛布……あのままにしてしまいましたわ……）

せっかくレナがくれたものだったのに……とミーアはクラウスに聞こえない程度の小声で『ぶにゃう』と零す。いつか自由に動き回れるようになったら、あの毛布を探しに行きましょう……と決意しているうちに、ミーアの瞼はふたたびとろんと重たくなっていった。


「ミーア。ミーア」

（……ん、何ですの？）

優しく呼ばれ、ミーアはゆっくりと瞼を押し上げた。

するとすぐ真上にクラウスの顔があり、ミーアは驚きと緊張で目を真ん丸にする。

「おはよう。だがもう夜だ」

（わ、わたくし、また眠ってしまったのですね……）

猫になってからというもの、ふとした時にすぐ眠気が襲ってくる。数日前までは生きるか死ぬかの瀬戸際で、そんな余裕がなかったから気づかなかったが、どうやら猫というものは多くの睡眠時間を必要とする生き物のようだ。

クラウスが懸命に仕事をしている隣で……とミーアは落ち込むが、当のクラウスは特段気にした様子もなく、嬉しそうにミーアを籠から抱き上げた。

「そろそろ行くぞ」

『うるにゃ？』（行く？）

もはや抵抗することなく、クラウスの腕に抱かれたままミーアは行き先を見守った。進んでいく道のりには覚えがあり、ミーアは徐々に不安に駆られはじめる。

到着したのは案の定、人間だった頃ミーアもよく使用していた『浴室』だった。クラウスは前室に置かれていた籠にミーアを下ろすと、よしよしと頭を撫でる。

「少しの間だから、ここでいい子に待っているんだぞ」

『ぶ、ぶにゃ……』

あまりのことに思考が吹き飛んでいたミーアだったが、次第に今後の展開が読めてきて、嫌な予感に襲われた。それは見事に的中し――ぽかんとするミーアの眼前に、ばさりと大きな上着が落ちてくる。

（こ、これは、もしや……）

扉の向こうにあるのはお風呂。となれば当然この部屋は、脱衣のための場所であり――目の前に広がった肌色の光景に、ミーアは耳の先からしっぽの先までぼぼぼわっと毛を逆立てた。

『ぶにゃ――――う！　ぐるにゃ――――う‼』

（い、いや――――！　ク、ク、クラウス様のこんな……いや――――‼）

「ミーア？」

突如けたたましく鳴きはじめた愛猫の様子に、クラウスは「はて？」と首を傾げた。

一方ミーアは「これ以上は見てはいけません！」とばかりに籠にうずくまり、背中を向けてぶるぶると震えている。それを見たクラウスは心配そうにその背に手を置いた。

「水が怖かったのか？　やっぱり部屋に戻るか？」

『ぶるにゃ！　ふしゃー！』（違いますわ！　でもその姿で、近づかないでくださいませ！）

「な、なんでそんなに怒っている……」

しょんぼりと肩を落としたクラウスは、そのまま寂しそうに浴室へと入っていった。ようやく行きましたわね、とミーアは横目でちらりと確認すると、ふんすと鼻から息を吐き出す。

（いくら結婚しているとはいえ、レディの前であんまりですわ！）

クラウスにとっては、レディと猫の見分けがつかないので仕方がない。

ともあれようやく心を落ち着けたミーアは、改めてもごもごと籠の中で体勢を整えた。ジャストフィットする位置を発見すると、すっぽりと収まったまま、浴室を仕切るガラス戸をじぃーっと見つめる。

（お風呂……羨ましいですわ……）

人間だった頃は、ミーアもそれこそ毎日のように入っていた。いくつもの薔薇の花弁を浮かべた温かいお湯に、華やかな香りの泡――とかつての入浴シーンを思い出し、ミーアはうっとりと夢想する。

するとと鼻先に甘い匂いが漂ってきて、ミーアはぱちと目を見開いた。くんくんと出所を探ると、どうやらクラウスが中で使用している石鹸のものだとわかる。

（ああ、わたくしも入りたい……！）

たまらず籠から抜け出したミーアは、うろうろとガラス戸の近くを往復した。嵌《は》め込まれている摺《す》りガラスには、クラウスのシルエットだけが映っている。

『な――う……』

無意識に小さな鳴き声が出てしまい、ミーアははっと口をつぐんだ。わたくしは一体何をとミーアが動揺していると、さらにタイミング悪く鳴き声を聞きつけたクラウスが、ガラス戸を勢いよく開く。

「ミーア⁉　一体どうし――」

『ぎにゃぁあああ――――‼』（いや――――‼）

「ミーア⁉　いたっ、何をするんだ、痛いぞ！」

再び眼前を埋め尽くした肌色を前にミーアは再び混乱し、その真ん丸な肉球で力いっぱいクラウスを殴りつけたのであった。

クラウスの入浴が終わった後、ミーアもメイドたちに体を洗ってもらった。

とはいえ、人間だった時のようにバスタブに湯を張るようなことはなく、こぢんまりしたタライに足が浸かるくらいのお湯を入れた後、それをぱしゃぱしゃと浴びる程度のものである。

（はあ……気持ち良かったですわ……）

かつては雨の中、泥だらけの体で一晩を明かしたことを思い出し、ミーアは今与えられている幸せに改めて感謝した。しっぽの先まで完璧に乾かしてもらい、艶々《つやつや》になった銀色の毛並みを鏡の前で嬉しそうに確かめる。

するとこちらも風呂上がり――長尺のガウンを着こんだクラウスが現れ、再びミーアを腕の中に抱き上げた。

「綺麗になったなミーア。行くぞ」

『ぶにゃ？』（あ、お部屋に戻るのでしょうか？）

この短い四つ足では、永遠にたどり着かないかもと思える長い廊下も、クラウスの歩幅であればあっという間だ。風のように過ぎ去っていく景色を、ミーアはまるで馬に乗っているような気持ちで楽しむ。

だが先ほどまでいた執務室を通り過ぎてしまい、ミーアはそこでようやく「あれ？」と疑問符を浮かべた。やがて見覚えのある扉が眼前に現れたことに気づき、ミーアの耳の後ろの毛をぞわわと逆立てはじめる。

（……あの、もしかして、あの部屋に行くわけではありませんわよね……？）

だが顔を蒼白にするミーアに気づかぬまま、クラウスは慣れた様子でその扉を押し開いた。

ばたん、と背後で閉まる扉の音を聞きながら、ミーアは先ほどよりも多くの毛がぴんと張り詰めているのを感じる。

「さあ、寝るか」

（こ、ここ、ここって……）

そこはかつてのミーアが一度として入ることを許されなかった——クラウスの寝室だった。

（ぜっったいに嫌ですわ——！）

主寝室に入ってから三十分。ミーアはクラウスと睨み合っていた。

「ミーア、おいで」

『ぶなうぁう！　ぶにゃ——！』

（どうして！　猫のわたくしならよくて、人間のわたくしではダメですの⁉）

かつてないほどの警戒心を露わにするミーアを見て、クラウスは困ったように眉を寄せていた。

だがミーアにも人としてのプライドがある。

『ぶにゃぅ、にゃ――う！』

（初めての夜がこんな、ね、猫の姿だなんて、わたくし絶対に嫌ですわ！）

「……一緒に寝るのを断られるのは、こんなに傷つくものだったのか……」

クラウスは何かを思い出したのか、がっくりと肩を落とした。だがそれ以上強要することはなく、寝室の隅にミーア用の籠を出してくれる。

「おやすみ、ミーア」

『……』

最後の抵抗とばかりに返事をしないミーアに背を向けると、クラウスはしょんぼりと寝台に横になった。それを見たミーアの心はわずかに痛んだが、わたくしのプライドだって傷ついているのですわと憤《いきどお》り、ふんすと前足を伸ばす。

（誘ってくださるのなら、ちゃんと人間のわたくしにしてくださいませ！）

ぷんぷんと頭から湯気が出そうな気迫のまま、ミーアは用意された籠に乗り込んだ。凍える心配のない暖かさに守られながら、ミーアはすぐにまどろみはじめる。

だが眠りに落ちる寸前――聞こえてきた音に、ミーアはぴくんと耳を揺らした。

（……泣き声？）

気のせいかしら、とぼんやり意識を呼び起こす。

だがどうやら幻聴ではないらしく、ミーアはそうっと体を起こした。灯りのない真っ暗な室内は、普段のミーアであれば何も見えなかっただろう。だが猫になっている今のミーアには、部屋の中の様子がはっきりと視認できた。

（……部屋の中からですわ）

まさかと思いつつもミーアは籠から出て、音を立てないようそろそろと足を進める。クラウスの寝台は脚が高く、ミーアは登れるだろうかとごくりと息を呑んだ。ここまで来て引き下がれませんわ、と覚悟を決めたミーアは、縁に狙いを定めると渾身《こんしん》の力で飛び上がる。

無事着地――と思ったが、ミーアは後ろ脚の片方だけをずるりと滑らせてしまった。声を上げないよう必死に悲鳴を呑み込みつつ、なんとかベッドの上へとよじ登る。

天蓋《てんがい》の奥に隠れているクラウスを確認するべく、彼の体を踏まないよう、器用に四つ足を交差させて近づいた。

「……う、……」

（……クラウス様？）

ようやく枕元にたどり着いたミーアは、呆然としたままクラウスを眺めた。

初めて見るクラウスの寝顔は――まるでうなされているかのような、苦悶に満ちたものだった。

険しく眉を寄せており、額から噴き出した汗は首や鎖骨にまで流れ落ちている。

やがて息も絶え絶えという様子で、クラウスは唇を開いた。

「……ミーア……」

(な、なんですの⁉)

「ミーア、行かないでくれ、ミーア……。頼む、俺からミーアを、奪わないでくれ……」

クラウスの目じりには涙が溜まっていた。頬を伝い、枕を濡らす。

その光景を前に、ミーアは自らの無力さを思い知るかのように愁嘆《しゅうたん》した。

(クラウス様……寝ている時まで、泣いて……)

ぽたり、ぽたりと次々溢れてくるクラウスの悲しみに耐え切れず、ミーアは思わず体をすり寄せた。彼の頬に自身の額をぐりぐりと押し付ける。

すると突然の感触に、クラウスはすぐに目を覚ました。

「……ミーア?」

『……ぅなぅ……』

自身が泣いていたことに気づいていなかったのか、クラウスは上体を起こすと、慌てて目元を手の甲で拭う。少しずつ呼吸を落ち着けると、はあと疲れたように息を吐いた。

「……心配して、来てくれたのか」

『なう。ぶなぁーう』

「……ありがとう」

クラウスの手が、ミーアの両脇に伸びてくる。ミーアはびくりと緊張を走らせるが、ここで逃げ出したらまたクラウスがショックを受けるかもしれないと思い、じっと耐えた。

クラウスはそのままミーアを抱きしめると、一緒に毛布の中で横になる。しっかりとしたクラウスの胸板に髭《ひげ》と頬とをうずめながら、ミーアは真っ赤になる自身へ必死に言い聞かせた。

(こ、これは、違うのです……今は猫ですから、数には入らないのでして……)

緊張してすっかり目が冴えてしまったミーアに対し、クラウスはしばらくミーアの背を撫でていたかと思うと、やがて穏やかな寝息を立てはじめた。その様子にミーアはほっと安堵し、なんとか自分も眠りにつこうと目を瞑る――が。

(……眠れるはずが……ありませんわ……)

クラウスの暖かい腕の中で、ミーアは小さく『ぅなぅ……』とだけぼやいた。


その後もクラウスによるミーア(猫)の溺愛は続いた。

仕事中も食事中も、ミーアは大半をクラウスの膝の上で過ごした。

もちろん邪魔にならないよう籠で寝ることもあったが、二日も続けるとクラウスが『今日は乗ってくれないのか……？』とこの世の終わりのような顔をするので、ミーアは一日ごとに膝と籠とで居場所を使い分けた。

領内の視察も回数を減らしているらしく、基本的には日帰りか、長くても一日程度になった。

おまけに視察から帰ったら帰ったで、会えなかった時間を埋めるかのように、クラウスが過度なスキンシップを図ってくる。そのたびミーアはドキドキしてはち切れそうになる心臓を、苦労して宥《なだ》めなければならなかった。

ミーアもしばらくは遠慮がちに距離をとっていたが、どうやらミーアが傍にいないことの方が、クラウスのストレスになるらしいと悟ってからは、彼が望むようにふるまうことにした。

特に夜は、たびたびうなされるクラウスのために一緒に眠ることが増えた。

どうやらミーアを抱いて寝ると、クラウスの気持ちが落ち着くらしく、ミーアは自らの睡眠不足と引き換えに、彼の眠りを守ることを決意したのだ。

そしてもう一つ――クラウスが毎日行っていることがあった。

「ミーア、大丈夫か？　遅くなってすまなかった」

もはや日課となった語りかけに、クラウスの隣にいた猫のミーアは目を伏せた。

ここは礼拝堂。クラウスは眠り続けるミーアのために、毎日時間を作ってはこうして見舞いに来ていた。優しい表情で、さも生きているかのように声をかけるクラウスに対し、氷漬けのミーアは何も答えない。その不自然な時間が、ミーアはたまらなく嫌だった。

「今、君をこんな目に遭わせた魔女を調べさせている。すぐに戻してやるからな」

そう言うとクラウスは、眠るミーアの頬に手を伸ばした。

「だからもう少しだけ……待っていてほしい」

（クラウス様……）

「本当に……本当に……悪かった……」

やがてクラウスは真っ赤な瞳を潤ませると、そのまま静かに涙を零《こぼ》した。ミーアとクラウスしかいない無音の礼拝堂の中、彼のすすり泣く声だけが聞こえる。

先ほどの痛々しいやり取りも悲しかったが――こうして、毎日のように泣いているクラウスを見るのも、ミーアはとてつもなくつらかった。

やがて体が冷えてくる頃合いを見計らって、ミーアは『ぶなぁう』と鳴く。すると艶々《つやつや》とした虹彩のまま、クラウスはゆっくりと顔を上げた。不安げに足元にすり寄るミーアを抱き上げると、そのまま寂しそうに礼拝堂を後にする。

ミーアは自らが眠る棺を振り返りながら、クラウスのことを心配した。

（……このままでは、いつかクラウス様の方が倒れてしまいそうですわ……）

もう十分だと伝えたくて、ミーアはクラウスの腕の中で再び『うなぅ』と声を上げてみた。

だが当然真意が伝わるはずもなく、小さな「ありがとう」だけを残して、クラウスは微笑むばかり。それを見てミーアは、いよいよ不安になるのであった。

ミーアが拾われてから二週間。

執務室でいつものようにクラウスの膝にいたミーアは、心配そうに顔を上げた。

(クラウス様……大丈夫かしら)

相変わらずクラウスはミーアにべったりで、ミーアもまたクラウスが喜ぶのならと、猫らしい振る舞いに努めていた。その一方で、クラウスの仕事の量が以前より明らかに増えていることにミーアは不安を覚える。

(最近、寝る時間もどんどん遅くなっていますし……食事も残してばかりですわ)

心なしかクラウスがやつれているような気がして、ミーアは憂色《ゆうしょく》を漂わせる。

やがて扉のノック音がし、いつもの執事が姿を見せた。

「失礼いたします。ラディアス様がお越しになりました」

「ここに通してくれ」

「かしこまりました。それから例の件ですが」

「報告しろ」

「奥様を襲った魔女についてですが、おそらく王都近くの村に住む者ではないかとの情報が」

「どこの村だ？　俺が行く」

「それが……魔女というのは変わり者が多いらしく、王都でもまれに姿を見かける程度だそうで……。今詳しいものに調査をさせていますが、どこに住んでいるかはまだ……」

「早く調べさせろ。人を増やせ。金ならいくら積んでもかまわん」

「……承知いたしました」

苛立ちを孕《はら》んだクラウスの声色に、執事は恭《うやうや》しく頭を下げる。

そのやりとりを眺めていたミーアだったが、ふと視線を感じて顔を上げた。するとクラウスが書類に目を落としているタイミングで、かの執事がミーアをじっと睨みつけているではないか。

（な、なんでしょう……もしかして、猫が嫌いなのでしょうか……？）

追い出されてはたまらない、とミーアは警戒を見せつけるようにぺたりと耳を伏せた。

執事はその後もミーアを凝視していたが、クラウスに他の案件を二、三報告すると、ようやく部屋を後にする。扉が閉まったことを確認して、ミーアはほうと息をついた。

そこでようやく、先ほどの会話を思い出す。

（魔女……わたくしのために、捜してくださっているんだわ）

嬉しくなったミーアはたまらずぐりぐりと額をクラウスに押し付けた。するとクラウスの纏っていた厳《いか》めしい雰囲気が薄れ、途端に優しい顔つきに戻る。

「どうしたミーア、お腹がすいたのか?」

『うなぅ……』(ち、違いますわ……)

どうしても伝わらない思いに、ミーアは髭を震わせながらやきもきする。

すると再びノックの音が響き、扉の向こうから今度はラディアスが現れた。相変わらず美しい榛《はしばみ》色の目を細めると、からかうようにクラウスに微笑みかける。

「やあクラウス。猫を飼いはじめたんだって?」

「何の用だ」

「いいなあ、ぼくにも見せてくれよ」

するとラディアスは、軽い足取りで執務机のこちら側に回り込むと、クラウスの膝の上にいたミーアをひょいと抱き上げた。突然のことにミーアは『ぶにゃああ!』と驚きの声を上げてしまう。

(ラ、ラ、ラディアス様!? 何をなさいますの!?)

「うわ~……これはまた……うん……個性的な子だね」

「乱暴に扱うな! 返せ!」

言うが早いかクラウスは立ち上がり、すばやくラディアスの手からミーアを奪い返した。一瞬のことではあったが、ミーアの心臓は早鐘のように脈打っており、クラウスの腕に抱きしめられながら動揺を落ち着ける。

「お前、こんなことをするためにわざわざ来たのか?」

「あはは、さすがに違うよ。その……ちょっと挨拶《あいさつ》にと思ってね」

「挨拶？」

「実は縁談が決まりそうなんだ。相手は跡継ぎがいない伯爵家のご令嬢だ」

「結構なことじゃないか」

「うん。……そうだよね」

（ラ、ラディアス様……結婚なさるのですね）

ようやく落ち着いたミーアは、クラウスの腕の中でこっそりと聞き耳を立てていた。

しかもどうやら相手は伯爵家。今までただ一人に決めたことのなかったラディアスも、ようやく腰を据える気になったのだろうか。

「なんかね、向こうのご両親がぼくのことをすごく気に入ってくれたみたいでさ。これから相手の家について勉強するから、しばらく外出するのは難しくなると思う」

「そうか。別に俺はお前が来なくても困らないが」

「ひどいなあ。唯一の親友に言うことかな」

「誰が親友だって？」

は、と鼻で笑ったクラウスを見て、ラディアスはつられたように噴き出した。二人のやり取りを初めて目にしたミーアは、クラウスの意外な一面に目をしばたたかせる。

（ラディアス様はご友人と聞いていましたけれど……本当に、気の置けない方ですのね）

いつも怖い顔のクラウスしか見たことなかったミーアは、新しい発見にわくわくと胸を躍らせた。

だが同時に自分の友人たちのことを思い出してしまい、わずかにしゅんと髭を落とす。

するとそんなミーアに気づいたのか、クラウスがこっそり背中を撫でてくれた。それだけでミーアは嬉しくなり、すぐにぴんと髭を上向かせる。

「まあそんなわけだから。そういえば、今日は奥方はどちらに？」

その瞬間、クラウスの手がぴたりと止まった。そろそろとミーアが振り返ると、クラウスはほんのわずかに表情を陰らせていたが、何事もなかったかのように言葉を続ける。

「……今は少し、実家に戻っている」

（クラウス様……）

さすがのクラウスも、無二の友人に真実を打ち明ける勇気は持てなかったのだろうか。

もしくはあまり騒ぎを大きくしたくないのか——言われてみればミーアの友人たちも、帰る前に執事から緘口令《かんこうれい》を敷かれていた気がする、とミーアはぼんやりと思い出した。

そんな彼の様子を見て、何かを察したのかラディアスが慌てて口を開く。

「そ、そうなんだ。……その……君が奥方を心から愛しているのは知っているんだけど……今はそれがうまく伝わっていないというか……ぼくが言うのもなんだけど、もう少し素直になってもいいんじゃないか？」

「……」

「この前会った時、君のことをすごく気にしていてね。ええと、その……名前も呼んでいないいんだって？　さすがにそれは一緒に暮らしている者として、傷つくんじゃないかな……。いくら大切に思っていても、ちゃんと言葉にしないと相手には伝わらないぞ」

（ラディアス様……）

だがクラウスは動きを止めたまま、一言も発することはなかった。見かねたラディアスは「ごめん、言い過ぎた」と謝罪し、困ったように眉尻を下げる。

「また落ち着いたら連絡するよ。君もあまり無理しすぎるなよ？　顔が酷いことになってる」

「……ああ」

やがてラディアスは執務室を去り、室内にはミーアとクラウスだけが残された。

黙り込むクラウスを見上げ、ミーアは小さく『ぶなぁ』と鳴く。

「ああ——そうだな」

ミーアの頭をゆっくりと撫でながら、クラウスは寂しそうに呟いた。

「こんなことになるなら……勇気を出して、もっと早く——ミーア、と呼べばよかった」

（……）

「ミーア、ミーア。……お前にになら、こんなに簡単に呼べるのにな……今ミーアに話しかけても、返事をしてくれないんだ……」

（クラウス様……）

「俺は……大馬鹿者だ……」

額にぽたりと水滴が落ちてきて、ミーアはぴゃっと目を真ん丸にした。見ればクラウスの目からぽろぽろと涙が零れており、それを隠すかのようにミーアの体を抱きしめてくる。力強い腕の感触に身を任せたまま、ミーアもたまらず目を潤ませた。

(クラウス様、わたくし、まだ生きていますわ。絶対絶対、大丈夫ですわ……)

ミーアはなんとかしてクラウスを励まそうと、『なう、なう』と腕の中で何度も鳴いた。クラウスがミーアの名前を呼ぶたび、ミーアも掠れただみ声で懸命に返事をする。

しばらくして、ようやく泣き止んだクラウスが、赤くなった目元で笑いかけた。

「……ありがとう。慰めてくれているのか」

『んなぅ。なぁう……』(クラウス様、どうか、泣かないでくださいませ……)

クラウスの涙腺がとても脆《もろ》いことを、ミーアは猫になってようやく知ったのだった。


だが日が経つにつれて、クラウスの状態はどんどん悪化していった。

元々多忙だったのに加え、視察の回数を減らした分が書類仕事となって増加しているようだ。その上ミーアを襲った魔女を捜すため人を割き、時にはクラウス自身が王都やその周辺の村々に出向いて調査を続けている。

決して長くはなかった睡眠時間はいっそう短くなり、食事はついに携帯食を多用するようになった。もちろんミーアの食事をクラウス手ずから与えるのは変わりなかったが、それよりも自分の食事を優先してほしい、とミーアは困惑する。

（クラウス様……このままでは、いつか本当に倒れてしまいますわ）

空腹のつらさは、ミーアも猫になってからよーく知っている。

このままでは良くない、と夕食を終えたミーアは籠の中で頭を抱えていた。当のクラウスは執務室で簡単な食事をとったまま、ひたすら机に向かっている。

（なんとか休んでいただくか……食事をとっていただける方法はないかしら……）

ふと、いつも自分にしてもらっているように、ミーア手ずからクラウスに食事を与えればいいのではないかと考えた。だが自身の肉球をしげしげと見つめたかと思うと、すぐに、はあとため息をつく。この手ではスプーンすらまともに握れないではないか。

他に方法はないか、とミーアは再び逡巡《しゅんじゅん》する。

すると背後で突然、ごとんという重たい音が落ちた。慌てて振り返ると――先ほどまで仕事をしていたクラウスが、机上につっぷしたように倒れている。

『ぶにぁう!?　にゃ――う！』（ク、クラウス様――!?）

ミーアは大急ぎで駆け寄り、椅子を伝って執務机の上までよじ登った。書類の上に頭をのせた状態のクラウスを見て、ミーアはさあっと血の気が引いていく。

『ぶにゃ――う！　ぶにゃ――――う！』

（ど、どうしましょう！　でももう使用人たちは休んでいますし……）

必死になってクラウスの肩を揺する。

だが覚醒する気配はなく、ミーアはいよいよ恐怖に襲われた。

（こ、このままだと、し、死んでしまいます……！）

動揺したミーアは、ばっと勢いよく絨毯へ飛び下りた。着地した後になって、とんでもない高さからジャンプしてしまったと仰天したが、クラウスの命に比べれば大したことではない。

（誰か、誰か助けを呼びませんと！）

ミーアは締め切られた扉の取っ手めがけて、何度も何度も飛び上がった。爪が装飾を剥がすことを申し訳なく思いながらも、重たい体をどすんばたんと跳ね上げる。

やがて鍵の部分に爪が引っ掛かり、分厚い扉がわずかに開いた。その隙間をするりと潜り抜けると、ミーアはだったかだったかと勇壮に走りはじめる。

（使用人棟……使用人棟は……）

だだっ広い本邸の廊下は長く、ミーアの小さな肺からはすぐに悲鳴が上がりはじめた。

だが一瞬として立ち止まっている時間はないと、ミーアはひたすら足を動かす。三階から一階までの階段を一気に駆け下りると、渡り廊下で繋がっている使用人棟へと駆けこんだ。

『ぶな――――あ！　ぶなああ――あ‼』

だが夜遅い時間ということもあり、使用人棟は既に施錠されていた。ミーアは必死になって木の扉をガリガリとひっかき続ける。

『な―――う‼　あ―――う‼』

（誰か！　気づいてくださいませ！　クラウス様が！　クラウス様が‼）

硬い木材だったせいか、ミーアの爪と指の間からわずかに血が滲んできた。しかしミーアは手も口も止めることなく、懸命に助けを求め続ける。やがてミーアの目から、こらえきれなくなった涙がぽろぽろと零れはじめた。

（誰か……！　たすけて……！）

今の自分では、クラウスが大変な時に助けることもできない。

なんて。なんて情けないの。

（お願いです！　お願いですから……！）

すると――その願いが天に届いたのか、寝ぼけた声の少年が扉を開けてくれた。間違いない。以前厨房《ちゅうぼう》の裏でミーアにパンをくれたヴィルだ。

「うるさいなあ、なんなんだよ……」

『ぶな――にゃ！　な――あ！』（ヴィル！　早く、早くクラウス様を！）

「なんだよお腹すいたのか？　俺たちよりいいもの食べてるくせに……」

(それは申し訳ないですけれども！　それよりもクラウス様が！)

仕方なくミーアは、ヴィルのズボンの裾に嚙みついた。そのままぐいぐいと本邸の方へと引っ張っていく。

「や、やめろって、明日も早いから寝ないと……」

『ぶな――う！　ぶなな――――う！』

「……なんなんだよもう」

はあ、とヴィルは息をつき、ミーアの案内する方にしぶしぶ足を向けた。ミーアは大急ぎでクラウスの執務室へと駆け戻る。一方ヴィルは、本邸に勝手に立ち入って大丈夫なのだろうかと怯えながらそろそろとついてきた。

ミーアが執務室の扉を押した際、鍵が開いていたことに驚いたのだろう。ヴィルは恐る恐る中をのぞいたかと思うと、倒れているクラウスを見て驚愕する。

「な、え!?　だ、旦那様!?」

『ぶなうあう！　な――う！』

それからはハチの巣をつついたかのような大騒ぎになった。

ヴィルは使用人棟に飛んでいったかと思うと、寝ていた執事を叩き起こし、さらに執事は専属医を呼び出した。その他の女中や洗濯係まで何ごとだと騒ぎ出してしまい、クラウスがベッドで安静を言い渡されたのは、明け方になってのことであった。

（良かった……命に別状はないようですわ……）

薬が効き、穏やかな寝息を立てるクラウスの枕元に、ミーアは静かに寄り添った。

先ほど専属医と執事が話しているのを聞いた限りでは、慢性的な過労とストレスだろうとのことで、重大な病や怪我ではなかったことに、ミーアは『ぶなぁ』と安堵する。

（間に合って、本当に良かった……）

ミーアはそろそろと自身の額をクラウスの頬に押し付ける。するともはや条件反射と化したのか、眠るクラウスがおぼろげに「ミーア……」と口にした。

当のミーアはまさか呼ばれるとは思っておらず、その場で目を見開く。だがどうやら起きたわけではないとわかり、ほっと胸を撫で下ろした。クラウスの静かな寝息を聞きながら、ミーアは思慮を巡らせる。

（わたくしを心配してくださるのは嬉しいですけども……クラウス様が倒れてしまっては意味がありませんわ……）

少しでも元気になりますように、とミーアは短い前足を伸ばすと、ぽんとクラウスの頭を撫でた。

さらさらした黒髪が肉球に触れ、ミーアの胸はきゅんと締め付けられる。もう少しだけ、とミーアはそっとクラウスの頬を舐めた。ざり、という感触にミーアは慌てて顔を上げる。

(わ、わたくし、いま、何を……)

するとクラウスにもしっかりと伝わったのか、先ほどまで硬く寄せられていた眉間が少しだけ開いた。その様子に、ミーアは安心すると同時に恥ずかしさを覚える。

(と、とにかく、また何かあってはいけませんから！　しばらくはわたくしが寝ずにクラウス様の看病をいたしますわ！)

ミーアは心の中でそう宣言すると、ふんすと鼻息荒くクラウスの枕元で丸くなった。

だがその直後、寝台に近づいてきた執事によってひょいと抱き上げられる。

「旦那様が心配なのはわかりますが、今は安静が必要ですので」

(わ、わたくし、暴れたりしませんわよ⁉　クラウス様が目覚めるのをちゃんとお傍で――)

「さあ、私と一緒に参りましょうか」

(い、いや――！)

そう言うが早いか、執事はミーアをしっかりと捕まえたまま、さっさとクラウスの主寝室を後にする。その途中、ミーアの悲痛な鳴き声だけが響いていた。

それから三日もしないうちに、クラウスは完全に復活した。

食事量も増え、睡眠時間も長くなった――が、ミーアの懸念は潰えていなかった。

(もう二度と、あんな怖い思いはしたくありませんわ!)

しかしミーアがいくら訴えたところで、言葉が通じるわけではない。クラウスもクラウスで、執事の言うことそっちのけで仕事に取り組んでしまう。このまま続けていれば、すぐに先日の二の舞になってしまうだろう。

(いったいどうすれば……)

ミーアはぐぬぬと眉を寄せた。強張った顔つきのまま、自らの指先、足、肉球を順番に眺めたかと思うと――突如、ぴんと髭を立ち上がらせる。

(そうですわ!)


その日の午後。いつも通りの執務室――だが、普段クラウスの膝の上か籠の中にいるはずのミーアが、何故か今日に限って執務机の上を占拠していた。

「……」

『……』

「ミーア、そこをどいてくれないか?」

『……』

苦笑するクラウスが、そっとミーアを抱き上げようとする。だがミーアはでっぷりとしたお腹を隙間なく机上につけ、一歩たりとも動かないぞという目でクラウスを見上げていた。

「ミーア」

『ぶにゃーう』

「……困ったな」

それを聞いたミーアは、きらりと目を光らせた。

(これぞ——クラウス様にお仕事をお休みしていただく作戦ですわ！)

作戦というほどでもない。

単にクラウスの書類の上に陣取って、彼が仕事をするのを阻害するというだけだ。もちろん人間の姿でこんなことをしていたら、それこそ冷たく追い払われ、もう二度と口もきいてもらえなくなるかもしれない。

だが今のミーアは猫である。

猫は仕事をしている人間の邪魔をするもの、と相場が決まっているのだ。

(ふふ、これで仕事の手を止めてくださるはず)

もちろん実際は、クラウスから怒られないか、腹を立てて捨てられるのではないかという不安もあった。しかし狙い通り、クラウスはミーアを無理やりどかすわけでもなく、堂々と丸まっている愛猫《あいびょう》を前に苦笑いを浮かべている。

「これでは仕事ができないだろう」

『ぶな――う』

「……はあ」

わざとらしく鳴くミーアを見て、クラウスはやれやれとミーアの体を撫ではじめた。

(ふふ、成功ですわ！　これでクラウス様もお休みを――……あ、あの、クラウス様!?　あまり、撫でられると、その……)

そこでようやくミーアは、この作戦の落とし穴に気づく。

今までのミーアであれば、クラウスが撫でてきた時、自分の好きなタイミングでさっと離れることができた。だが執務机から離れないという目的を達するためには、クラウスからどれだけ愛《め》でられても、けっして逃げ出すことができないのである。

『うるにゃ、んにゃーあ……』

(あ、そのようなところ、触るのは、ク、クラウス様、や、やめてくださ……)

「どうした？　ここが気持ちいいのか？」

(あ、い、いや、いやあああー！)

やがて羞恥の限界を迎えたミーアは、絨毯へどすんばたんと無残に転がり落ちた。

翌日。新たな決意をしたミーアは、すっくと執務室で立ち上がった。

その口には以前クラウスからもらった、ネズミ型のおもちゃが咥《くわ》えられている。

(昨日のやり方は、少々失敗でしたわ……でもこれなら!)

相変わらず熱心に書類と向き合うクラウスのもとに、ミーアはのしのしと近づいていく。やがて彼の足元にまでたどり着くと、口を開けおもちゃをぽたと落とした。

「どうしたミーア、遊びたいのか」

『ぶなーーーう!』

(気分を明るくするためには、遊ぶことが一番ですわ。今度こそ、クラウス様はわたくしに夢中になってお仕事の手を止めるはず!)

実はこのおもちゃをもらった当初、ミーアは「ネズミなんていやあ!」と大暴れした。しかしクラウスの健康のためとあれば、多少は我慢するしかない。

ミーアの目論見どおり、クラウスはおもちゃを拾い上げると、ぽーいと部屋の端に投げてくれた。

途端にミーアの体は弾丸のように射出される。

(か、体が、勝手に……!)

どうやら猫の本能的な部分が強く作用しているらしい。

ミーアはネズミのおもちゃをはっしと咥えると、ぜいはあと息を吐きながら執務机へと駆け戻った。すると満面の笑みを浮かべたクラウスに出迎えられる。

「偉いぞミーア」

（ふふ、このくらい簡単ですわ！）

ちょっとまんざらでもない気持ちになったミーアは、得意げに『うるるにゃ』と喉を鳴らす。

だがその直後、クラウスは再び部屋の隅におもちゃを投げ飛ばした。ミーアはその光景に、思わずぽかんと口を開けてしまう。

『ぶにゃっ⁉』（えっ、もう次ですの⁉　まだ疲れが――ああっ！）

ミーアが制止をかける間もなく、短い四つ足がばびゅんと放物線を追いかけた。己の体のはずなのにいっこうに自由になりません……とミーアはへとへとの状態でおもちゃを探しだすと、先ほどより遅れてクラウスの元へと歩み寄る。

「偉い偉い。良くできたな」

『ぶるにゃ……』（と、当然ですわ……わたくし、このくらいのことでは……）

クラウスによしよしと頭を撫でられ、ミーアは疲労を隠しつつドヤと髭を揺らした。すると案の上クラウスによって三度目の投擲《とうてき》がされ、ミーアは唖然とした表情でその軌道を見つめる。

ぴくりと足が反応し、ミーアは仕方なくのろのろと動き出した。

（うう……思っていたよりも、大変なのですね……）

しかも今度は家具の奥に入ってしまったらしく、ミーアは狭い隙間に顔を突っ込むと、無理やり身をねじるようにしておもちゃを回収した。はあはあと肩で息をしながら、一旦休憩とばかりに顔を上げる。

（つ、疲れましたわ……でもこれで、クラウス様の関心を引くことはできたはず……）

するとと視線の先には、ミーアにおもちゃを取りに行かせたことすら忘れたような——真剣な顔つきで仕事に取り組むクラウスがおり、ミーアは思わず半眼になった。

（……これ……わたくしは体《てい》よく追い払われていただけで、何の意味もなかったのではありませんこと……？）

よくよく考えてみればこの場合——クラウスが遊んでいるわけではなく、ミーアが遊んでもらっている、が正しいのである。

そのことにようやく気づいたミーアは、ネズミのおもちゃを咥えたまま、とぼとぼと執務室の角に置かれた籠へと戻っていった。しばらく経ってから、クラウスが思い出したように顔を上げる。

「あれ、ミーア？　もう遊ばないのか？」

『ぶな——う……』

きょとんとしたクラウスの顔を、ミーアは籠の中からじっと睨みつけるのであった。


三日目。

ことごとく作戦に失敗したミーアは、執務室に置かれた籠の中でうぬうと眉を寄せていた。

（なかなかうまくいきませんわ……）

体を張った妨害もダメ、興味をこちらに向けるのもダメ――とミーアはため息を零す。

（いったいどうすれば――）

何かヒントを得ようと、ミーアは仕事をするクラウスをじいっと見つめた。真摯《しんし》に仕事に取り組む横顔が美しく、ミーアはしばらく時間を忘れて見惚《みと》れてしまう。だがすぐにはっと髭を飛び上がらせると、改めて作戦に使えそうなものはないかと周囲を探った。

（あら？　もしかしてあれは……）

クラウスの顔の横で、ちらちらと見え隠れしている白い何か。

ミーアはこっそり籠から抜け出すと、足音もなくクラウスのもとに接近した。そのままいつものようにひょいと彼の膝へと飛び乗る。突然増えた重量に、クラウスは嬉しそうに下を向いた。

「ミーア。目が覚めたのか？」

『ぶなぁ』

「そこでいい子にしていてくれ」

そう言い残すと、クラウスは再び書類へ視線を戻した。これくらいの甘え方で、クラウスが仕事の手を止めるはずがない――とミーアもよく理解していたため、続けて次の段階へと移行する。

（書類を汚すのはさすがに怒られるでしょうけど……こちらであれば！）

するとミーアはよっと両前足を伸ばすと、執務机の縁にちょこんとひっかけた。

机とクラウスの体に挟まれるような状態で、ひょっこり頭を覗かせると、そのままさらに腕を伸ばし――彼が持っていた羽根ペンをてしてしと弾く。

「こら、ミーア」

（書くものを奪えば、その間はお仕事できないのでは⁉）

しかし最初は遠慮がちに拳を向けていたはずが、ゆらゆらと左右に揺れる羽根を前に、うっかり猫としての本能に火が付いてしまった。気づけば両手でがむしゃらにじゃれついてしまい、もはや筆記具を取り上げたいのか、遊んでいるのかわからない有様だ。

『うにゃぅ！　にゃ！』

「ミーア、今字を書いているから……」

『ぶにゃぁ！』

クラウスがやんわり制止するも、ミーアの目の輝きは収まらず――最後に一際大きな一打を放ってしまった。ガリ、と羊皮紙《ようひし》をひっかくペン先の音がして、流麗に続いていた文字の書き終わり部分だけがぴよーんと明後日の方向に走っている。

それを目にしたミーアは、ぶにゃあああと飛び上がった。

（あああーっ！　も、申し訳ございません、クラウス様！　い、いったい、ど、どうすれば……）

「……」

『ぶ、ぶにゃ……うるにゃ……』

一瞬で冷静になったミーアは、すぐさま手をひっこめると、恐る恐るクラウスの方を見上げて小さく鳴いてみる。だが当のクラウスはさして憤慨した様子もなく、やれやれと苦笑を零した。

「まったく……」

『ぅな……?』（お、怒っていませんの……?）

良かった、とミーアが安堵したのもつかの間――クラウスは机上にあった呼び鈴を手に取ると、ちりんちりんと鳴らした。すぐに執事が現れ、何用でしょうかと頭を下げる。

するとクラウスは膝に乗っていたミーアを抱え上げると、そのままひょいと執事に手渡した。

「少し別室で預かっておいてくれ」

『ぶにゃぁ――あ――!?』（ク、クラウス様――ぁ!?）

「良いのですか?」

「さすがに仕事に差し支えるからな。ミーア、悪いが少しの間向こうで遊んでおいてくれ」

別れを惜しむようにミーアの額を撫でた後、クラウスはすぐに椅子に座りなおした。

すぐさま硬い表情で仕事に取り組みはじめた彼の姿が、目の前からどんどん遠ざかっていく。執事の腕に抱かれたまま、ミーアは『ぶにゃあぁ……』と失意の鳴き声を上げた。

『ぐるにゃぅ、ぶにゃ――う、うなぅ……』

（邪魔をしたことは謝ります！　謝りますから！　ですからどうか……）

だがそんな必死なミーアの訴えは通じるはずもなく、飼い主から引き離されて寂しいのだろうと察した執事は、ミーアの顔を覗き込むとぎり、と口角の端を上げて笑った。

おそらく本人的には精いっぱいの笑顔のつもりなのだが――いかんせん彼は、クラウスに負けず劣らず、表情筋が動かないことで有名である。

「大丈夫ですよ。私が遊んで差し上げます」

『う、……うなぅ……』

「こう見えて、猫大好きなんです」

『ぐぅう……るるぅ……』

「では行きましょうか」

『ぶにゃ――！　ぶぃや――！』

どうやら以前、執務室で睨まれたのは猫が嫌いだったわけではなく――むしろ逆。

クラウスという主がいる手前、むやみにミーアに手を出すことはできない。でも触りたい！　可愛い！　という葛藤の裏返しだったようだ。

そんなことを知る由《よし》もないミーアは、『ぎにゃあぁぁぁ』と悲痛な鳴き声を上げながら、別室へと連れていかれるのだった。


そして四日目。

執務机占拠作戦の失敗。おもちゃで遊ぼう作戦も功を奏さず。羽根ペンを奪取するはずが、何故か小一時間執事と追いかけっこするはめになったミーアは、もはや定位置と化したクラウスの膝の上で静かに一計を案じていた。

（残念ながら今までのやり方では、クラウス様を止めることはできませんでしたわ……）

体調が戻ってからあまり日も経っていないというのに、クラウスは相変わらず膨大な量の仕事をこなしている。見かねた執事が『自分たちができる範囲は致しますので』と進言するも、クラウスは頑として首を振らなかった。

ミーアが人間の姿であれば、言葉でお願いすることも、使用人たちに頼んで無理やり寝室に運んでもらうこともできたかもしれない。だが悲しいかな、今の状態ではそれすら叶わないのだ。

（クラウス様は、ずっとこんなに大変なお仕事をされていたんですね……）

かつて『本当に大切に思っているのなら、仕事よりも自分と向き合ってくれるはずだ』と言ってしまったことを、ミーアは今更になって後悔した。これだけの書類、ミーアなら目の前に積み上げられただけで熱を出してしまいそうだ。

（……本当なら妻であるわたくしが、お助けしなければならなかったのですわ）

こんな姿になって気づくなんて、とミーアは思わずうつむく。だがすぐさま顔を上げると、鼻息荒く全身で伸びあがった。

（だから今日こそは、絶対に休んでいただきます！）

そんなミーアの闘志に気づくはずもなく――ようやく起き上がったミーアを見て、クラウスは「おはよう」とそっと絨毯の上に下ろしてくれた。いつもであればこのまま籠へと移動するのだが――今日のミーアは一味違う。

壁際に置かれた本棚を伝い、窓の傍にある棚へと移動。窓の外には、人間だった頃のミーアがよくお茶会を開いていた中庭があり、ミーアは『ぶなうう』とクラウスを振り返って鳴いた。

「ミーア？　どうした」

珍しいと思ったのか、クラウスは椅子から立ち上がり、ミーアのいる窓辺へと近づいてきた。ミーアはしめしめと心の中で頷きながら、何度も『ぶにゃぶにゃ』と声を上げる。

『ぶな――う』

「外？　何かいるのか？」

『な――う』

あと一押し、とミーアは短い前足でしきりに窓枠をひっかいた。その様子に、クラウスは慌ててミーアに声をかける。

「わかったわかった。外に出たいのか？」

『ぶにゃーー！』

「まあ……ずっと部屋の中というのもストレスになるか……」

するとクラウスは「おいで」とミーアに呼びかけると、執務室の扉へ近づいた。ミーアはわくわくとした面持ちで足早に後に続く。やがて普段は施錠されている扉が、クラウスによって少しだけ開かれた。

だがミーアの思惑とは裏腹に、クラウスはミーアを見送るように目を細める。

「行ってこい。ただし出るのは敷地内までだ。門の外に出てはだめだからな」

（ち、違いますわ！）

一人で遊びに出ても何の意味もない。

ミーアは慌ててクラウスの足元にすり寄ると『なーお、ぶなーお』と精いっぱい甘えた声を出した。人間だった頃にもしたことがないほど目を大きく見開くと、期待に満ちたきらきらとした眼差しで、すがるようにクラウスを見つめる。

するとそのあざとさが通じたのか、クラウスは「う、」と胸を押さえた。そのまま照れをごまかすかのように咳払いをすると、ミーアをそっと抱きかかえる。

「……ま、まあ、一緒に行きたいというのであれば、付き合ってやろう」

『ぶにゃ――お！』（やりましたわ――！）

執務室から離れれば、どうあがいても仕事を継続することは難しい。勝利を勝ち取ったミーアは高らかに凱旋のうたを歌い、それを聞いたクラウスは――

（よほど嬉しいのか……やたらぶにゃぶにゃ言っているな）

と微笑ましい目でミーアを眺めていた。

そうしてクラウスに抱えられたまま、ミーアは中庭へとたどり着いた。

ミーアがお茶会を開いていた頃は、噴水も彫刻も薔薇で綺麗に飾り付けられ、それはそれは華やかな場所だった。だがミーアがこんな状態になってお茶会など開催されるわけもなく、石造りの東屋《あずまや》にテーブルや椅子が放置されたままになっている。

(なんだか……寂しいですわね……)

ほんの二週間ほど前まで、ミーアは何の疑いも持たず、ここで毎日のようにお茶会に興じていた。とりとめもない恋の話。年頃の貴公子の噂。勉強もダンスも二の次で、ミーアはかわいそうな自分に言い訳をするように、わかりやすい幸せに溺れていた。

だがそれはすべて嘘でできていた。

一緒に語らっていた友人たちは、ミーアを本当の友だとは思っていなかった。ミーアはそんなことにも気づけないほど、愚かであったのだ。

「――ミーア?」

『……にゃ⁉　ぶなーお!』

髭が下がったのを見られたのだろう、クラウスが心配そうに顔を覗き込んできた。それを見たミーアは「今はクラウス様に休んでいただくことが最優先でしたわ!」と慌てて声を上げる。

すると中庭を眺めていたクラウスが、ぽつりと言葉を零した。

「ここは……俺の妻が、よくお茶会を開いていた場所だったんだ」

『……なう』

「最初は、友人を紹介したいと言って開いてくれたんだがな。俺はこんな性格だから、かえってミーアに恥ずかしい思いをさせてしまうのではないか、それが原因で嫌われるのではないかと思うと怖くなって……参加をためらってしまったんだ」

初めて聞いた真相に、ミーアは思わず目を丸くした。

拒否されたお茶会。あの時は、どうしてこんな酷いことをと責め立てたが、クラウスにはクラウスなりの理由があったという。

「でもそれすら彼女を傷つけてしまうということに、俺は思い至らなかったんだ。おまけにお茶会には男もいて……そのことで思わず口論になってしまった。今思えば婚姻という、確固たる関係まで結んでおきながら、彼女が取られるのではないか——なんて……本当に見苦しい限りなんだが……」

クラウスは苦笑しながら、優しくミーアの背を撫でた。その手の心地よさを感じながらも、ミーアはおずおずと彼を見上げる。

（クラウス様がそのように思っていらしたなんて……）

やがてクラウスは、ミーアの耳元にため息を零した。

「だから、せめてもの罪滅ぼしのつもりで『好きにしろ』と伝えたんだが……どうやらそれも、うまくは伝わらなかったらしい。俺は完全に彼女に愛想を尽かされて、かといって挨拶に出向く勇気もなくて――仕方なく執務室の窓から、友人たちと楽しそうにお茶をする彼女を眺めていた。……きちんと非礼を謝って、ここに来れば良かったのにな」

（えっ？）

そういえば、さっき窓辺に飛び上がった時、執務室から見える位置に中庭の東屋があった。まさかクラウスが、あの後もお茶会を気にしていたなんて……とミーアは驚愕する。

「でも行かなくて正解だったのかもしれない。彼女は華やかな人だから……暗い俺なんかを気遣って嫌な思いをさせるより、ただ嬉しそうに笑っていてほしかった」

クラウスは近くにあった東屋に入ると、そっと腰を下ろした。

「本当に――綺麗な人なんだ。『宝石姫』と呼ばれるくらい、髪も目もキラキラしていて。声も一音一音に色がついているかのように可憐で清楚《せいそ》で……俺と同じ人間だなんて思えないほどだった。……でも彼女の美しさは、見た目だけじゃなかった」

『ぶな……？』

「彼女と初めて会ったのは、公爵家のパーティーだった。その頃の俺は線が細くて、普段から体調を崩しがちだったんだ。その日も朝から熱があって、でもどうしても休めないと赴《おもむ》いたんだが……途中でついに倒れてしまってな」

幸いパーティーの会場から離れた庭先だったため、大ごとになることは避けられた。だが助けを求める気力もなく、クラウスはそのまま物陰で休んでいたのだという。

そこに同じく招待されていたミーアが現れ、ひょっこり覗き込んできたそうだ。

「俺が熱を出していることに気づくと、彼女は大慌てでどこかへ駆けていった。まあ、面倒ごとに関わりたくないんだろう、と俺はそのまま静かにしていたよ。そうしたら……彼女がぬいぐるみを片手に戻ってきたんだ」

――『今、人を呼んでくるから、この子と一緒に待ってて！』

「彼女はそう言ってぬいぐるみをくれたかと思うと、また勢いよくどこかへ走っていった。俺は何が何だかわからないまま、それを抱く羽目になって――大きなぬいぐるみを抱えている自身を想像して、ちょっと笑っていたな。でもその間だけは『あの子が絶対に戻ってきてくれる』と信じることができて、……自分でも不思議なくらい、心が落ち着いた」

『……』

「でも彼女が戻ってくる前に俺の両親が気づいて……彼女とはそのまま、というわけだ」

まさかの告白に、ミーアはどんな顔をすればいいかわからなかった。

クラウスが話しているのは相当小さい時のことで――ミーア自身、まったく記憶になかった。ぬいぐるみだって、たくさん贈られ、たくさんなくしたうちの一つでしかないだろう。だがクラウスはたった一度だけのミーアとの出会いを、ずっと大切に覚えてくれていたのだ。

「俺は彼女のぬいぐるみを持って帰ってしまって、どうすればいいか途方に暮れていた。どこの誰かもわからなかったから、とりあえず預かっておいて、いつでも返せるよう大切にしていたんだ。そうしたら数年後――両親が縁談を持ってきた」

『ぶにゃう？』

「そう、彼女とだ。本当にただの偶然だったけど、俺は肖像画を見て一目でわかった。嬉しくて仕方がなかった。けど……俺自身は、全然彼女にふさわしい男じゃなかった」

（クラウス様……？）

「見ての通り俺は暗くて、要領も愛想も良いわけじゃない。今でも気を抜くと、すぐに泣いてしまいそうになるほど、心だって弱い。でも――彼女と一緒になれるのなら、それをすべて変えようと誓った」

体が弱かったから、剣術を習い身体を鍛えた。歴史書や算術書を読み、教養も身につけた。麗《うるわ》しい彼女の横に並んでも恥をかかせぬよう、見た目にも細心の注意を払った。

そうしてミーアが二十歳《はたち》になり、自分のもとに訪れるまでに――彼女に見合う最高の男になろう、とクラウスは努力した。

「だがその途中、俺の両親が亡くなった。親族や代理人たちは『もっと釣り合う家柄の相手がいるだろう』と彼女との婚約を破棄しようとした。でも俺は『それだけは絶対にしたくない』と言い張って――結果、公爵としての仕事を完璧にこなすことを条件に、彼女との結婚を許してもらったんだ」

だが予定されていた準備の時間がなくなり、クラウスは大いに焦った。

格好悪いところを見せて幻滅されたくないと、彼女の前では冷静沈着な『大人の男』のように振る舞った。だが見透かされていたのか、どれほど必死に演じても彼女の顔はどんどん陰っていく。

それを見たクラウスは、何が悪かったのかと思い悩み――そんな悪循環を何度も繰り返したあげく、偽りの自分から逃げられなくなってしまったのだ。

「預かったままだったぬいぐるみも、ようやく返すことができた。……もしかしたら俺のことを覚えているかもしれない、という淡い期待もあったんだが……まあ、幼かった彼女が記憶しているはずはなくて、すごく困った顔で『ありがとうございます』とだけ言われたよ」

（ご、ごめんなさい……）

少し遠い目をしているクラウスを見上げて、ミーアは思わずしゅんとうなだれた。

だが自分の中の疑問が、一つだけ晴れていく。

（ああ、でも……思い出しましたわ）

猫になってから、ミーアはずっと気になっていたことがあった。

鏡を通じて感じた既視感。はたして今動いているこの体は、一体『何』なのだろうか、と。

（これは……クラウス様がくださった、ぬいぐるみだったのですね……）

それは、結婚してすぐのことだった。

クラウスの無愛想さにミーアがなんとか馴染もうとしていた頃、誕生日でも記念日でもないのに、彼が初めて贈り物をくれたことがあった。ミーアは心から感激し、宝石かしらドレスかしら、とわくわくしながら包装を解いた。

だが中から現れたのは——個性的な猫のぬいぐるみだった。

しかも新品ではないらしく、綺麗に手入れはされていたものの、どこかくたびれた感じが表れていた。ミーアはショックを受けつつも、一応言葉だけの礼を返した。

その後ぬいぐるみを捨てるわけにもいかず、困ったミーアは仕方なく自室の棚の奥にしまい込んだ。そのまますっかり忘れていたのだが——今になって思い出すと、あのぬいぐるみの姿形は今のミーアとそっくりそのままなのである。

（あれは……昔のわたくしが、クラウス様にあげたものだった……）

ミーアは改めて、ぷにぷにとした自身のお腹を撫でる。途端に愛着が湧いてきて、ミーアは小さく『ぷにゃあ』と鳴いた。するとクラウスがミーアを抱きなおし、穏やかに微笑む。

「もう十五年も前の話だから、仕方ないんだがな」

（クラウス様……）

せめてもの謝罪を込めて、ミーアはそっとクラウスの腕に触れた。するとクラウスは嬉しそうにミーアの頭を撫でてくれる。喉の奥から自然と『ぐるにゃ』と声が漏れ、ミーアはさっと顔を赤らめた。そんなミーアを見つめながら、クラウスは訥々《とつとつ》と呟く。

「全部――全部俺が悪いんだ。ぬいぐるみを渡すときだって、ちゃんと『君からもらったものだ』と言えば良かった。それなのに……大の男が猫のぬいぐるみを十五年も、後生大事に抱えていたと知られて、嫌われるのが怖くて……つい、何も伝えずに返してしまった。あれでは彼女が気づくはずもない」

『ぶにゃ……』

「それだけじゃない。実は一度だけ、彼女が自分から寝室に来てくれたことがあって……本当は死ぬほど嬉しかった。だが、その……突然のことに頭が真っ白になって、まったく言葉が思いつかなくてな……。彼女に無理をしてほしくなかっただけなのに、追い返すような形になってしまった」

（あ、あの時の態度は、そんな理由でしたの⁉）

懺悔《ざんげ》するクラウスの言葉に、ミーアは今更になって驚愕する。

だがそれを聞いて、同時に安堵のため息を零した。

（ではクラウス様は……わたくしのことが嫌いで、拒絶したわけではなかったのですね……）

それどころか、クラウスはミーアのことを本当に大切にしていた。彼女に好きになってもらいたいと仕事のできる男を演じ、些細なことでは動じない強い心を示そうとした。

だがそれが当のミーアにはまったく伝わっておらず――お互いに悲しいすれ違いを起こしてしまっていたのだ。

やがてクラウスは、ミーアを抱き寄せ、柔らかい背にそっと顔をうずめる。

「でも……こんなことになってしまうなら、ラディアスに言われた通りもっときちんと話をすればよかった……。一緒に食事をして、一緒に出かけて……一緒のベッドで眠りたかった。お茶会に男なんて呼んでほしくなかった。ラディアスに向ける笑顔を、俺にも向けてほしかった。……もっと、もっと……本当は俺の傍で、笑っていてほしかった……」

あまりに悲痛な嘆きに、ミーアは何も返すことができなかった。

「ミーア……ミーア……帰ってきてくれ……お願いだ……」

ふわふわとした毛並みに、冷たい雫《しずく》が落ちたのを感じる。

背中を通じてクラウスの悲哀が伝播《でんぱ》し、ミーアもまた目の端に涙を浮かべた。

（クラウス様……）

やがてクラウスの力が緩まったのを感じ、ミーアはゆっくりと体の向きを変えた。目を充血させたクラウスを仰ぐと、ミーアは小さな前足を彼の胸につける。そのまま上体を大きく伸びあがらせると――彼の口にキスをした。

クラウスは少しだけ驚いたようだったが、すぐに目を細める。

閉じた瞼《まぶた》に押しやられて、眦《まなじり》に残った涙がクラウスの目の端からぽろりと零れた。

「ありがとう……情けないところばかり見せていて、すまないな」

『……んにゃう』

短いミーアの返事を聞き、クラウスは改めてミーアを腕の中に抱き寄せた。その暖かさの中で、ミーアは静かに決心する。

(わたくし……戻りたいです)

もちろん、今までだってすぐにでも人間に戻りたかった。

だが今は自分のためよりも――クラウスをこれ以上、苦しませたくないという思いがある。

(ちゃんと人間に戻って、クラウス様と仲直りいたしますわ!)

クラウスの腕の中で、ミーアは自らの前足を握りしめる。

小さな肉球。短い四つ足。ちょっと走るだけでへとへとになる体。

それでも、ミーアの戦う意志は変わらなかった。

第三章　伝えたいこと、伝わらないこと

食事に向かおうとしたクラウスは、籠《かご》にはまったままのミーアを呼んでいた。

「ミーア。ほら、どうした」

『……』

「ミーア？」

(申し訳ございません、クラウス様……今日だけは、今日だけは……)

ミーアは今すぐその腕の中に飛び込みたい欲求を抑え、必死に籠の中でうずくまった。クラウスもまた辛抱強く呼びかけていたが、ミーアが動きたくないと察したのか、やれやれと立ち上がる。

「仕方ないな……あとでごはんを持ってくるから、この部屋でおとなしくしているんだぞ」

『ぶにゃーあ』

ミーアの間延びした返事に、クラウスは苦笑いを残して執務室を後にした。その足音が完全に聞こえなくなるのを見計らって、ミーアはそろりと籠から抜け出す。

(資料は……あそこですわね)

慣れた足取りで執務机に近づくと、ミーアはクラウスの椅子を伝い、ひょいと机上にのぼりあがった。この体にも随分慣れたものですわ、と得意げにぴんと髭《ひげ》を振りかざす。

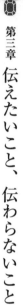

だがすぐに目的を思い出し、ミーアは積み重ねられている書類に鼻を近づけた。

（きっとこの中のどこかに……）

ふんふん、と髭を揺らしながら、一番上の書類をずらす。よくわからない複雑な数字や式が記されているものばかりで、ミーアは短い前足で別の資料を探した。そうやって何枚か漁《あさ》っているうち、一枚の書面にたどり着く。

（こ、これですわ！）

ミーアはそれを口で引っ張り出した。

それは『魔女』に対する調査書だった。王都からほど近い村の名前と、いくつかの女性の名前が記載されており、何か手がかりはないかと、ミーアは目を見開いて真剣に読み進めていく。

しかし魔女の所在地や名前、顔がはっきりとわかるものはなく、ミーアは『ぶにゃあ……』と肩を落とした。

（やはり、まだわからないんですのね……せめて顔がわかれば……）

と考えていたミーアは、突如ぴんと耳を立てる。

（わ、わかりますわ！　わたくし、魔女の顔を覚えています！）

中庭で呪いをかけられる直前、ミーアは確かに魔女の顔を見た。

今もはっきりと覚えており、もう一度見ればすぐに同一人物かを断言できる。

（でも口で言っても伝わりませんし……せめてどんな顔だったかだけでも、クラウス様に伝えることはできないでしょうか……）

そこでミーアは、机上にあった羽根ペンに目を留めた。ペンを横向きに咥《くわ》えると、白紙の上にペン先を向ける。

（む、……難しい、ですわ……）

なんとか輪郭を描こうとするが、線がガタガタになってしまい、人の顔どころか前衛的なアートにしか見えない。ミーアはその後も何度か挑戦したが、みみずが這ったような黒い線がいろんな方向に引かれただけだった。

（……無理ですわね）

考えてみれば、人間だった時分でもうまく描けた自信はない。

ミーアは潔く諦め、咥えていた羽根ペンを台に戻そうとした。だがその途中、乾く前のインクに髭が触れてしまい、ミーアは『ぶにゃあ！』と声を上げる。

（わ、わたくしの髭が！　真っ黒に！）

ミーアの感情を豊かに表す相棒として、最近少し気に入りはじめていた髭。その繊細な先っぽが半分ほど黒く染まってしまったのを見て、ミーアはわなわなと口元を震わせる。

さらにタイミングの悪いことに——突然ガチャリと扉が開き、執務室に戻ってきたクラウスが目を丸くして叫んだ。

「ミーア⁉」

『ぶにゃう⁉』

鋭いクラウスの声に、ミーアはびくりと体を強張らせた。

咥えていた羽根ペンを取り落とすと、さらにクラウスが声を上げる。

「ミーア、そこで何をしている！」

（あ、あわ、あわわわ……）

混乱したミーアは、大急ぎで机から下りようとした。

しかし足元に転がっていたペン軸につまずいてしまい、ずるどたんと後ろ足を滑らせる。すると傍にあったインクの瓶が跳ねあがり、そのままミーアの頭上へ逆さまに落下した。

ばしゃん、と漆黒《しっこく》のインクがミーアに降り注ぐ。

『ぶにゃ――――⁉』（いやあああ――⁉）

「ミーア⁉　お、落ち着けミーア‼」


その後は地獄絵図だった。

美しい白銀の毛並みだったミーアは、頭からちょうど半分くらいまで黒猫になっていた。前足もしっかりインクまみれになっており、ミーアの足跡が机のそこら中に残っている。

汚れた書類と綺麗なものとをより分け、机を拭いていたクラウスは――絨毯《じゅうたん》の上でしょんぼりと落ち込むミーアを叱った。

「まったく……幸い、大切な書類は汚れていなかったからいいものの……」

『……んなぅ』

「机をこんなに真っ黒にして」

『なぅ』

「反省しているのかお前は」

『うなぅ！　なぅ！』（しています！　していますわ！）

だがやらかしてしまったことは取り返しがつかない。ミーアはせめてものしおらしさを示すように、髭を下げぺたりと耳を頭に付けた。

やがて整理を終えたクラウスが、ちらりとミーアに目を向けた。まだ怒っておられますの？　とミーアはびくびくと見つめ返す。するとクラウスは、すぐににっこりとした笑みを浮かべた。

「さて、そろそろお前も綺麗にしてやらないとな」

『ぶな？』

そう言うとクラウスは、きょとんとするミーアをお腹から抱きかかえた。遠ざかっていく執務机を振り返りながら、ミーアはどこに行くのかしらとクラウスを仰ぐ。

「――そういえば、俺が洗うのは初めてか」

『んなぅ？』

クラウスがぼそりと呟くのを聞いて、ミーアははて？　と首を傾《かし》げる。

やがて執務室の扉は締まり――その数刻後、浴室の方からミーアのけたたましい悲鳴が響きわたった。

(うう……)

再び執務室に戻ってきたミーアは、ようやく乾いてきた毛並みを繕《つくろ》いながら、心の中だけで泣いていた。

(もう……お嫁にいけませんわ……)

人が聞いていたら「とっくに嫁に来ているのに何を言っているんだ」と笑われそうなことをミーアはぼんやりと考える。しかし――結婚相手と一緒にお風呂に入ることはあれど、一方的に洗われる経験をした者はなかなかいないだろう。

(恥ずかしいし、シャワーの水は怖いし……もう絶対に嫌ですわ……)

だがべったりとしたインクの不快さがなくなったこともあり、ミーアは先ほどの記憶は抹消しましょう、と自分に言い聞かせた。人間だったら大問題だが今のミーアは猫だ。

何の問題も、問題も――

(……わたくし、人間に戻って本当に大丈夫なのでしょうか……)

ふと気づいてしまったミーアだったが、違う違うと慌てて首を振った。自分のためだけではない。クラウスのためにも、早く戻ると決めたのだからと必死に不安を振り払う。

（さて……次は一体どうしたらよいでしょうか……）

とにかく『魔女』を探し出さなければ話にならない。

だがクラウスが連日のように調査を続けても、いまだ特定にすら至っていない。顔がわからないのだから無理もない――と考えたあたりで、ミーアは綺麗になった髭をぴんと跳ね上げた。

（そうですわ！　わたくし自身で探せばいいのです！）

ミーアは『魔女』の顔を覚えている。

であればミーアが確認して回れば、一番確実に見つけられるはずだ。

（そのためには……王都に行くしかありませんわね）

クラウスが王都に行く時を狙ってついていくか。しかしクラウスは最近すっかり視察に行かなくなっており、次にいつ機会があるかわからない。二ヵ月という呪いの期限がある以上、あまり余裕はなさそうだ。

しばらく悩んでいたミーアだったが、やがてすっくと籠から立ち上がった。執務室の扉に近づくと、『うなぁ、うなぁ』とクラウスに向けて甘えた声を上げる。

「ミーア？　外に出たいのか」

『うるにゃ』

「邸からは出ないようにな」

クラウスが開けてくれたわずかな隙間から、ミーアはにゅるんと体を滑り込ませた。数歩進んだ後くるりと振り向くと、再び執務に戻ったクラウスに向けて、ふんすと鼻息を荒げる。

（クラウス様……待っていてくださいませ。わたくしが必ず、魔女を見つけてまいりますわ！）

やがてミーアは名残惜《なごり》しい気持ちを振り切るように、だっと廊下を駆けだした。そのまま階段を駆け下り、ホールへとひた走る。立派な玄関扉を開き、ミーアは力いっぱい外の世界へ飛び出す
――予定だった。


（開きませんわ……）

しっかりと施錠された玄関は、ミーアの小さな手足ではびくともしなかった。

諦め悪く、ミーアは全体重をかけてふぎぎと扉を押す。だが重たいミーアの体をもってしても微動だにせず、やがてミーアはそのままぺたりと床にへたりこんだ。

（いきなりの障害ですわね……どうしましょう……）

するとそこに執事が通りかかった。

床にしゃがみ込むミーアと目が合うと、無表情でこちらに迫ってくる。

「逃げ出したのでしょうか……ほら、こちらに」

（い、いけませんわ！　せっかく部屋から出られましたのに！）

ここで捕まっては意味がない、とミーアは弾かれたように起き上がると、しゅばっと執事から距離を取った。それを見た執事はわずかに眉をひそめ、じり、とミーアとの間合いを詰めてくる。

びくびくと毛を逆立てるミーアを見て、執事はにいいと不気味に口角を上げた。

「……怖くないですよー」

（十分怖いですわ！）

たまらずミーアは『ぶにゃ！』と叫んで走り出した。

背後で執事のため息が聞こえたが、振り返ることなく必死に足を動かす。

（玄関はダメですわ……何か他の経路を考えませんと……）

しばらく走っていたミーアは、やがて一階の端にある厨房《ちゅうぼう》へとたどり着いた。少し速度を落として中の様子を窺う。すると、シェフの一人があの見習い少年――ヴィルに向けてお遣いを言いつけているところだった。

「王都は初めてか？　気をつけていけよ」

「はい！」

（王都！）

その単語に、ミーアは目を輝かせた。これ幸いとばかりにヴィルの後をつける。

どうやら王都までは小さい馬車を使うらしく、裏口に停められたそれの御者席にヴィルが乗り込むのを見て、ミーアもこっそりと荷台に忍び込んだ。

やがてガタン、と車輪が回りはじめる。

（ふふ、わたくしでも、やればできますのよ！）

ガタゴトと荒々しく揺れる荷台の中で、ミーアは満面の笑みでこっそり『んなぁ』と鳴いた。


やがて揺れが収まり、ミーアはぱちりと目を開けた。どうやら眠ってしまっていたらしい。

（段々……本当の猫になっている気がいたしますわ……）

くあぁ、と大きくあくびをし、短い手足をいっぱいに伸ばす。御者席の方で話し声がするのを確認し、ミーアはそろりと覆いの合わせ目から顔をのぞかせた。

そこは王都の入り口にあたる市門で――ミーアはぱあっと口を開く。

（なんて懐かしいのでしょう……）

クラウスと結婚する前は、様々な貴族からパーティーに招待されており、そのたびにこの門をくぐったものだ。その時は馬車で通過するだけだったので、初めて降り立つその場所にミーアは少しだけ緊張する。

「じゃあまた夕方にな」

「はい！　お願いします」

ヴィルと御者のやりとりを聞いた後、ミーアは馬車を離れ、ぽてぽてと周囲を観察しに向かった。以前のミーアが訪れていたのは貴族街だったので、他の地域を見るのは初めてだ。市門の周りには他にも多くの馬車が乗りつけられており、とても多くの人で賑わっている。

少し行くと、さらに人が増えた。どうやら市場通りらしく、舗装されていない道路の左右には多くの店が軒《のき》を連ねている。野菜や肉、魚などを売っている露店もあり、ミーアは人混みを縫うようにして、きょろきょろと散策した。

(すごい……色々なものを売っていますのね……)

今まで買い物は、専属の外商にお願いしていたため、邸から一歩も出ずに済ませていた。

初めて味わう活気立った街の雰囲気や、見たこともない果物や加工される前の宝石などを目《ま》の当たりにしたミーアは、好奇心の赴《おもむ》くままあちらそちらにと浮かれあがる。

だがミーアははっと気を引き締めると、ぶんぶんと首を振った。

(いけませんわ！　わたくしは、魔女を探しに来たんですのよ！)

やがてミーアはある店の軒先に座り込むと、通りを歩く人々の顔をじっと見上げた。違う、違う、と右に左に大きな目を動かしながら、ひたすら記憶にある『魔女』の姿を探し続ける。

そこでふと横からの熱い視線を感じ、ミーアははたと振り返った。

するとそこには、ミーアと同じ――いやだいぶスマートな灰色の猫が立っている。左目には斜めの傷痕があり、どことなく威圧感があった。

『お前《めえ》さん、どこのシマの奴だ』

突然聞こえてきた声に、ミーアは飛び上がりそうになった。

『あ、あなた、喋れますの⁉』

『アアん？　何言ってんだてめえ』

（も、もしかして、猫同士なら喋れるんですの⁉）

まさかの発見に驚くミーアをよそに、灰色猫はなおも続ける。

『ここじゃ見ねえ顔だな。よそモンか？』

『わ、わたくしはミーアと申します。あの、つかぬ事をお伺いしますけども……』

『ここは俺の縄張りだ。この店の残飯は美味《うま》いからな』

『話を聞いてくださいませ！　わたくし残飯を食べに来たわけでは……』

『うるせえ！　いいから消えろ！』

（い、いやあああ！）

ふしゃーと毛を逆立てて怒る灰色猫の迫力に、ミーアはたまらず逃げ出した。再び人混みの中に紛れると、はあはあと呼吸を落ち着ける。

（こ、怖いですわ……野良猫には、野良猫の世界がありますのね……）

だがここで諦めるわけにはいかない、とミーアは再び足を止め、道行く人の顔を確認しようとした。すると脇の店で寝そべっていた三毛柄の猫が立ちあがり、ミーアを下から上にとねめあげる。

『おい、嬢ちゃん。ここはオレの縄張りだぜ』

『まあ！　そうだったのですね、申し訳ございません。でもわたくし、人を探しているだけですので……』

『四の五の言わずに出ていかんかい！　この長毛種が！』

するとミ毛猫は突然、前足をミーアの鼻先に振り上げた。

幸い——と言っていいのかはわからないが、ミーアの鼻が低かったおかげで当たらずに済んだようだ。しかし突然の狼藉《ろうぜき》に、ミーアは鼻息荒く怒鳴り返す。

『ですから！　あなたの縄張りを荒らすつもりなど毛頭ございませんわ！　なんて無礼なんでしょう！』

『その言葉遣いもわざとらしくて鼻につくんだよ！　ああ、鼻が低いからわからないのか？』

『なぁんですってー！』

クラウスが天使のようだと言ってくれた顔。それを侮辱されるなんて、とミーアは怒りを露わにする。その激情のまま、ミーアは渾身《こんしん》の力を込めて三毛猫をひっかいた。

『いってえな！　何すんだよ！』

『あらごめんあそばせ。わたくしの長い足が触れてしまいましたわね』

『その短さで何言ってんだ！』

『んま——！　失礼な方ですわね！』

傍《はた》から見れば、二匹の猫がにゃごにゃごと戯れている微笑ましい光景だったかもしれない。だが当のミーアは「わたくしのプライドにかけても、絶対にこの喧嘩に負けてはならない」という決死の意気込みで挑んでいた。

三毛猫が繰り出すパンチを躱《かわ》し、ミーアはすかさず彼の首筋に噛みつく。にぎゃあと悲鳴を上げる三毛猫に、さらにミーアは連続して拳を二、三発叩きつけた。

『い、いててて！　や、やめろ！』

『まだやりますの⁉　わたくし受けて立ちますわよ！』

『こ、降参だ！　好きにしろ！』

やがて『ぐるにゃう』という短い去り言葉を残し、三毛猫は姿を消した。

その姿を見つめていたミーアは、やや乱れた毛を整えながら得意げに微笑む。

（ふふ、わたくしを馬鹿にするからこうなるのですわ！）

晴れて居場所を勝ち取ったミーアは、改めて魔女探しを再開した。通りを歩く人の数は相変わらず多く、ミーアは忙しなく緑の虹彩を動かし続ける。

（あの方も……違う。あの方は黒髪ですけれど……目はオレンジ色ですわね……）

やがて太陽がゆっくりと傾きはじめ、ミーアはしぶしぶ立ち上がった。

（そろそろ帰りませんと……クラウス様が心配なさいますわ……）

夕方には邸に戻る馬車が来る。それまでにあの市門に戻らなければ……とミーアは魔女探しを諦め、とぼとぼと帰路につこうとした。

その時──目の前を通った女性を見て、ミーアは目を大きく見開く。

（──『魔女』！）

腰まである長い黒髪に黒い目。今はローブのような衣装は着ておらず、普通の人のような格好をしているが間違いない。ミーアに呪いをかけた『魔女』がそこにいた。

（ど、どうしましょう！　今戻らないと家に帰れませんけど、でも、……）

わずかにうろたえたミーアだったが、ぐっと下唇を噛むと、そのまま市門に背を向けた。黒髪の魔女を捕捉すると、物陰に隠れるようにして後をつける。

（せっかく見つけたんですもの。居場所を突き止めてみせますわ！）

見たところ、魔女は道行く他の女性と何ら変わらないように見えた。でも油断してはなりませんわ、とミーアは恐る恐る魔女の背を追いかける。

いくつかの店で食材と日用品、布などを買った後、魔女は大通りを抜け、裏路地へと入っていった。どことなく陰気な雰囲気のあるそこを、ミーアも勇気を出して歩いていく。

するとしばらくして、古い教会にたどり着いた。どうやら今は使われていないらしく、廃墟のような様相を呈している。魔女は雑草の生い茂る裏手に進んでいくと、レンガ造りの壁と向き合った。目を伏せ、短く言葉を紡ぐ。

『──風よ』

するとどこからともなくぶわりとつむじ風が吹き上がり、ミーアの目の前で魔女が宙に浮かび上がった。驚きのあまり声を失うミーアをよそに、魔女はふわふわと空に上昇すると、慣れた様子で高い城壁を飛び越えていく。

（お、追いかけませんと！）

呆《ほう》けていたミーアははっと意識を取り戻すと、急いで魔女が越えた市壁へと向かった。だが都合よく風が押し上げてくれるはずはなく、ミーアは迷った挙句、壁面一帯を覆いつくしていた蔦に摑みかかる。

（わ、わたくしは猫ですわ！　これくらい……！）

短い爪を立てながら、ミーアは必死に蔦を手繰《たぐ》り登っていく。時折体重の関係で、ずるりと足を滑らせてしまい、そのたびにミーアはひいいと肝《きも》を冷やした。だが魔女を見失うわけにはいかないと、ミーアは涙と恐怖を堪えて手足を動かし続ける。

やがて壁の頂上に到達したミーアは、ほっと息を吐きだした。

眼下には王都の外に続く森。どうやら市門を通らず王都に出入りするため、人目につかない場所を選んでいるのだろう。魔女はいまだふよふよと上空を漂いながら、さらに森の奥へ進んでいた。

（ま、待つのですわ！　わたくしも……）

置いていかれまいと、ミーアは夢中でぴょんと踏み出す。しかしそこに足場があるはずもなく

――ミーアはひょいひょい、と短い手足を空中で動かした。

その直後、登った壁の高さの分だけ、ものすごい勢いで垂直に落下する。

『ぶにゃあああああ！』

ミーアの悲鳴は森の木々によって覆い隠された。

◆◆◆

（うう……本当に猫で良かったですわ……）

背丈の低い木にひっかかった状態で、ミーアは命があったことに感謝した。

猫はある程度高い位置から飛び下りても、きちんと着地できるように本能的に教え込まれているという。おかげで全身ボロボロになったものの、ミーアはなんとか無事に地上に戻ることができた。

（は、はやく、魔女を追いかけませんと！）

がさがさとくっついてくる葉っぱを後ろ足で払いながら、ミーアは空を仰ぐ。魔女は変わらず遥か前方を飛んでおり、ミーアはたったかと駆ける四つ足に鞭を打った。森はかなり暗く、四方から獣の気配や得体の知れない異音が響いている。ミーアは半泣きになりながらも、自分のため、クラウスのためと念じて走り続けた。

そうして半刻ほど走った頃、魔女がゆっくりと高度を落としはじめる。ミーアは『ぶなっ！』と声を上げ、最後のひと踏ん張りとばかりに速度を上げた。

やがて魔女の姿が森に紛れた頃――ミーアはその真下にある、一軒の家にたどり着いた。

（ここが……魔女の住処《すみか》……？）

立派な幹の木々に囲まれた、年代物の建物。赤茶のレンガがどこか可愛らしい雰囲気だ。家の周りには花壇があり、季節の花がいっぱいに植わっている。魔女が手入れをしているのだろうか。

ミーアはこのまま一旦帰ろうかとも思ったが、本当にここが魔女の居場所なのか、確証が欲しいと考え直した。それにミーアの呪いを解く鍵がここにあるかもしれない。

（魔女は……どこにおりますの……？）

魔女に見つからないよう、ミーアは恐る恐る接近する。

だが魔女は家の裏手で買い物の整理をしているらしく、少し離れた所からのんきな鼻歌が聞こえてきた。ミーアはやや毒気を抜かれたような気持ちになりつつ、そろりそろりと入り口を探す。

（玄関はさすがに危険ですわね……窓からなら大丈夫でしょうか）

ミーアが首をぐいと持ち上げると、生成り色のカーテンが揺れる窓があった。ただし二階の高さにあり、ミーアは少しだけ眉を寄せる。

しかしここまで来ておいて諦めきれないと、ミーアはレンガの目地に前足をかけた。そのままべったりと壁に張り付くと、短い足を動かして懸命に登っていく。

（うう、怖い……体が重い……）

魔女に気づかれでもしたら一巻の終わり、という恐怖心を抑えながら、ミーアは必死に二階の窓を目指した。なんとか到達し、転がり込むように窓枠を乗り越える。

『うにゃ、ぶなっ！』

巨体がぼすんと床で弾み、ミーアはいたたたと目に涙を浮かべながら、ゆっくりと立ち上がった。

どうやらそこは魔女の部屋らしく、簡素な木製の机と椅子、ベッドなどが置かれている。壁沿いにはずらりと棚が並んでおり、乾燥させた草や綺麗な鉱石などが几帳面に収められていた。

（これは……呪いに使うものでしょうか？）

もしかしたらわたくしの呪いを解く方法がわかるかも、とミーアはすぐさま机に飛び乗った。しかし広げられている書面はすべて謎の言語で書かれており、まったく理解できない。

仕方なくミーアは棚の上へと移動する。

何の変哲もない灰色の石。不可思議な記号を金糸で縫い取った黒布。巨大な角が生えた動物の頭《ず》蓋骨《がいこつ》――魔女の棚にはいろいろなものが陳列されていたが、一体何に使うものなのか、ミーアにはとんと見当がつかない。

（あの魔術師の方でしたら、どれが必要かわかるのでしょうか……）

しかしここが魔女の家であることは間違いなさそうだ。できれば今ここで、呪いを解く方法も見つけたかったが、これ以上はミーアが騒ぎ立てるよりも、一度クラウスにこの場所を伝え、魔術師と共に来てもらう方が確実かもしれない。

そう思い至ったミーアは、よしと前足を握りしめる。

（となれば、早く戻ってこの場所をクラウス様に……）

だがミーアが窓の方に方向転換した瞬間、がちゃりと背後の扉が開いた。

え、と振り返ったミーアと、いつの間にか家に入っていた魔女の目が合う。

『ぶにゃ――――！』

「いや――――！」

驚愕の大合唱を奏でた二人は、互いに一歩後ずさった。

だが魔女の方がわずかに早く反応し、持っていた箒《ほうき》を振りかざす。

「ど、どこから入ったの⁉　さては誰かの使い魔ね⁉」

『ぶるにゃう⁉　にゃぅ⁉　うあーう⁉』（つ、つかいま？　って何のことですの⁉）

とにかく逃げなければ、とミーアは慌てて駆けだそうとする。だがその眼前にぼさりと箒が飛んできた。行く手を阻まれたミーアはとっさに身を翻《ひるがえ》すと、そのまま棚から飛び下りる。

「こら！　逃がさないわよ！」

『うにゃう！　うぎゃー！』（い、いやですわ！）

魔女の操る箒がどすんばたんとミーアを追い回す。必死に逃げまどっていたミーアは魔女の足の間をくぐると、そのまま扉を出て一階へと駆け下りた。

あっ！　と声を上げた魔女が、すぐさま追いかけてくる。

「待ちなさい！　何をいたずらしようとしたの⁉」

『ぶにゃう！　にゃ――あ！』（何もしてませんわ！　見ていただけです！）

どうやら魔女はミーアを本当の猫だと思っているらしく、目じりを吊り上げたまま箒をぶんぶんと振るっていた。捕まったら何をされるかわからない、とミーアは懸命に魔女との距離を取る。

（何とかして……何とかして逃げませんと！）

ミーアはすばやく周囲を探る。すると台所らしき一角に、小さくだが壁の隙間を発見した。人ならば間違いなく通れない大きさだが、猫であるミーアなら行けるかもしれない。

（猫は顔が通れば、体も抜けられると聞いたことがありますわ！　あの穴なら！）

ばさ、と振り下ろされた箒を躱《かわ》し、ミーアは一直線にその脱出口へと駆け出した。次第に距離を詰めてくる魔女の恐怖に堪えながら、持ちうる気力すべてを振り絞って割れ目へと滑り込む。

（い、いきますわよー！）

ずささ、とミーアは頭を隙間に押し込んだ。そのままうごうごと髭と顔を動かし、ミーアはぽんと壁の向こうへ頭を覗かせる。

（抜けましたわ！　あとは体を……）

勝利を確信したミーアは、意《い》気《き》揚々《ようよう》と残りの体を引っ張り出そうとする。だが――いくら引っ張っても、お腹から後ろ脚にかけてが一向に出てこない。

『ぶにゃう？　うなぅ？』（……？　どうしてですの？）

ぐぎぎ、と歯を食いしばって前足に力を込める。しかし前にも後ろにも、うんともすんとも言わなくなった状態に、ミーアはようやく一つの知見を得た。

（……お腹が……引っかかってますのね……）

でっぷりとした自らの腹囲を思い出し、ミーアはやや遠い目でたそがれた。

元々はぬいぐるみらしいふくよかなフォルムであり、ここ数日はクラウスが用意してくれる栄養過多の食事もあった。人間のわたくしでしたらこんなことには……とミーアは瞑目《めいもく》する。

やがて――ちゃんと玄関から外に出てきた魔女が、穴にはまったミーアを半眼で見つめると、呆れたようにため息をついた。

「あなた……猫にしてはどんくさいわね」

『……ぐるにゃぅ』

ミーアはそれだけを零《こぼ》すと、魔法で穴から引っ張り出してもらった。


すっかり日も暮れ、物音一つしない静かな夜。

ミーアは巨大な金属製の籠に入れられたまま、魔女の家にいた。

「それで？　一体誰の差し金かしら」

『……』

「立派な首輪までしちゃって。それ、さすがに本物の宝石じゃないわよね」

『……ぶにゃあ』

「使い魔のくせにしゃべれないのかしら。それにしても変わった鳴き声ねえ」

（余計なお世話ですわ！）

ミーアはむっすりと頬を膨らませるが、魔女は特に気にすることもなく、ふーむと首を傾げていた。どうやら中身がミーアであることは、まだバレていないようだ。

魔女はしばらくミーアを眺めていたが、やがてはあと息をつく。

「まあいいわ。いつか向こうから来るでしょ」

そう言い残すと魔女は、ミーアをテーブルの上に残したまま、台所の方に行ってしまった。魔女の目がなくなったことを確認し、ミーアはがしがじと籠に歯を立てる。だが傷一つつかない様子を見て、『ぶにゃ……』と嘆いた。

（どうしましょう……このままでは、魔女の居場所を伝えるどころか……クラウス様のところに帰ることすら……）

ぞわりとした不安に襲われ、ミーアはさらに激しく籠を揺らした。だが爪も牙も役には立たず、ただいたずらに疲弊《ひへい》するばかりだ。ミーアは震えを抑えるようにうずくまる。

（大丈夫……大丈夫ですわ……。きっとどなたかが、助けに来てくださるはず……）

だがミーアがいるこの場所は、王都からかなり離れた森の中だ。周りに集落があった様子もなかった。魔女はここに一人で暮らしているのだろう。何日も調査を続けていたにもかかわらず、なかなか魔女の足跡を辿れなかったのは、こうした立地のせいもあるに違いない。

（もし……もしも、どなたにも、見つけてもらえなかったら……）

ミーアは耳の後ろの毛が、ぶわりと逆立つのを感じた。

するると食事の準備をしていたはずの魔女が、皿を片手にミーアの元へ戻ってくる。

「あれ、おとなしくなってる」

『……』

「お腹すいたのかな。はいこれ」

（……？）

籠の上から差し入れられたのは、ヤギのミルクが入った皿だった。ミーアはしぱしぱと目をしばたたかせると、ふんふんと匂いを確かめる。お腹はかなりすいているが、魔女から与えられる食事など信用できない。

するとミーアの疑うような視線に気づいたのか、魔女が呆れたように口を開いた。

「毒なんて入れてないわよ」

『ぶにゃあ』

「まあ好きにしなさい」

すると魔女はミーアに怒るでもなく、ふふと微笑んだ。その顔がとても穏やかなものに見え、ミーアは少しだけ罪悪感を覚える。

『……うるるにゃ、ぅにゃう……』

（せっかく準備してくださったのに、飲まないなんて失礼かしら？　で、でも、元はと言えばこの方のせいで、わたくしは大変な目に遭っているのでして……）

「だからそんなに悩まなくっていいから」

あはは、と魔女は明るく笑う。

やがて苦悶の表情を浮かべるミーアを見て、ぽつりと呟いた。

「……もしかしてあなた、捨てられたのかしら」

『ぶにゃ？』

「それじゃあ、私と同じね」

（……？）

「私も捨てられたのよ——クラウス・ディアメトロという男にね」


その名前を聞いたミーアは、大きな目を真ん丸に見開いた。

足も背中も尻尾《しっぽ》も、全身の毛がこれ以上ないほど緊張で張り詰めている。

（いま……なんとおっしゃいましたの？　クラウス……クラウス・ディアメトロに、捨てられた……？）

尋ねようにも言葉が伝わるわけもなく、ミーアは掠れた声で『ぶな……』とだけ漏らした。すると魔女は、どこか寂しそうにミーアに語りかける。

「私たちは愛し合っていた……でも、それは私の一方的な思い込みだったの」

『……』

「今まで毎日のように顔を合わせていたのに、ある日突然まったく姿を見せなくなった。私は彼に何かあったのではないかと思って、必死に捜したわ。そうしたら……彼、とんでもないお金持ちの貴族様だったのよ」

しかも、と魔女は苦しそうに呟く。

「一年前に結婚していたんですって。相手はお嬢様で、それはそれは可愛らしい女の子だったわ。私なんかとは全然違う。キラキラしていて、まるで希少な宝石がそのまま人になったみたいな、そこにいるだけで誰からも愛されるような……そんな相手が、彼にはいたの」

（……どういうこと、ですの？）

どうやら、彼女がミーアを襲った魔女であることは間違いなさそうだ。だが彼女の話を信じるなら『彼女とクラウスは恋人関係だった』ということになる。

（でも、わたくしとクラウスは恋人関係だったのは、それよりも前で……つまりクラウス様は、わたくしという婚約者がいたにもかかわらず、この方と、お、お付き合い、を……？）

普段なら率直な感情を示してくれる頼みの髭も、今ばかりは判断に困っているのか、あっちこっちにぴょんこと飛び跳ねていた。髭の乱れを前足で正していたミーアはふと、以前魔術師が口にした言葉を思い出す。

――『これは金銭目的の呪いではない可能性が高い』

――『純粋な恨み、復讐……この女性に強い負の感情を持っていた可能性が』

(わたくしの呪いは、お金を狙ったものではなかった……。でもわたくしには、彼女に恨まれる覚えはない……。つまり……)

本当に恨まれていたのは――クラウスの方だった。

ミーア自身の業《ごう》ではない。

クラウスの配偶者だったという理由で、彼に向けられた呪いを請け負う羽目になったのだ。

(そんな、そんなことって……)

言われてみれば、結婚してからもクラウスは家を空けることが多かった。視察だと言われてそれ以上追及できなかったが、もしかしたらこの魔女に会うためにわざわざ時間を作っていたのかもしれない。

となると――魔女の調査に時間がかかっているのも、嘘の可能性がある。

クラウスは本当のことをすべて知っていて、その上で『時間まで懸命に探したけれど、見つかりませんでした』という体裁《ていさい》を取り繕おうとしているのかもしれない。

ミーアは自らの出した答えに、ぶるりと背筋を震わせた。

(わたくしは、騙されていましたの……?)

子どもの頃にあげたぬいぐるみを、大切に持っていてくれたことも。

ミーアに見合う男になるため、懸命に努力していたという話も。

すべて、すべて、すべて――嘘だった?

思い返してみても、一年前、初めて顔を合わせた日からずっと――ずうっと。

ミーアがどれだけ明るく話しかけても、クラウスは言葉少なに返事をするだけ。目を合わせようとしても、すぐに眉間に皺《しわ》を寄せてふいとよそを向いてしまう。仕事があるからと、一緒にいてくれたことなんてほとんどない。

(すごく寂しかった……わたくしは必要とされていないんだと、つらくて、悲しくて……)

一人で食べた、味のしない晩餐《ばんさん》。

寒くて仕方がなかった、広すぎるベッド。

つい最近まで当たり前だったのに、いつの間に忘れてしまっていたのだろう――とミーアはうなだれる。まるで鉛《なまり》を飲み込んでしまったかのように、肺の奥が痛くなった。

嫌だ、嫌だ、嫌だ！　知りたくなかった、気づきたくなかった、聞きたくなかった！

ミーアの胸の奥から言葉にならない痛哭《つうこく》が湧き上がる。できることならいますぐ泣き叫んで、暴れまわって、誰も知らないどこかに行ってしまいたい。


（……でも）

大きな緑色の目いっぱいに涙を浮かべて、ミーアは歯を食いしばった。

短い前足が小さく震えている。少し俯くだけで、すぐに泣いてしまいそうだ。

それでも。たとえ、今までがどんな暮らしであったとしても。

（――違いますわ。クラウス様は、嘘なんてつく方ではございません）

髭が、ようやくぴんと上向く。同時にミーアは静かに顔を上げた。

（だってわたくしは、知っていますもの。クラウス様が毎日のように、あの冷たい礼拝堂に行って棺の前で泣いておられたことを）

『妻を亡くした不幸な男』を演じたいだけの人間が、こちらの胸が痛むくらい号泣するはずがない。

しかも誰も――ミーアしかいない空間でやる意味など、どこにもないはずだ。

調査だって、クラウスは人に頼んだ以上のことを自分でも調べていた。その間も普段の仕事には一切の妥協を許さなかった。途方もない悲しみやつらさを抱えていても、決して他人に気取られないように、必死に振る舞っていたことを知っている。

だってミーアは、その間――ずっと彼の傍にいたのだから。

クラウスの膝の上で。

腕の中で。

枕元で。

彼がミーアのことを心から心配し、愛し、嘆き悲しんでいたことを、ミーアが一番よく知っている。そんな自分がクラウスを信じず、一体誰が彼を信じるというのだろう。

（そうですわ。わたくしは猫になって、本当のクラウス様を知ったのです）

素っ気ない返事は、ミーアを喜ばせたいと懸命に言葉を選んでいたから。

視線をそらすのは、ミーアの真っ直ぐな眼差しが恥ずかしいから。

一緒にいられないのは、ミーアと暮らしていくために膨大な量の業務をこなしていたから。

（クラウス様はいつだって……わたくしのことを、思っていてくださった）

クラウスと一緒に食べる、美味《おい》しい食事。

クラウスとくっついて眠る、暖かいベッド。

たった二ヵ月の出来事なのに、ミーアにとってこれまでの一年よりもずっと幸せで、楽しいひとときだった。だからこそ――これから先もずっと、彼とあの時間を過ごしたい。

（きっと、何かの間違いです。クラウス様が……そのようなことをするはずがございません）

先ほどまで嵐のようだったミーアの心は、今は不思議なほど落ち着いていた。

はっきりとした確証を胸に、ミーアは魔女を見つめ返す。すると魔女もまた、ミーアの様子が変わったのに気づいたのか、黒い瞳をすうと細めた。

だが次の瞬間、玄関の方からけたたましい破壊音が響き渡る。

「何⁉」

魔女が立ち上がると同時に、ミーアもまた警戒心を露わに身構える。

そこに現れたのは――件《くだん》のクラウス・ディアメトロ本人だった。


一体何をどうやったらこんな壊れ方をするのか――と言いたくなるような惨状の玄関を前に、魔女は、はあとため息をついた。

「ちょっと、いきなりあんまりじゃない？」

「ミーアを返せ」

クラウスはそのまま部屋に踏み込むと、魔女に剣を向けた。黒髪の合間から覗く赤い目は、睨まれるだけで気絶しそうなほどの気迫を帯びている。

その姿を見たミーアは喜びのあまり、籠の中でぴょんこと飛び跳ねた。

（クラウス様！　助けに来てくださったのですね！）

でもどうやってこの場所が……と首を傾げるミーアの疑問を晴らすかのように、魔女が眉間に皺を寄せて尋ねる。

「……なるほど、あなたがこの子の主人ってわけね。どうやってこの場所を？」

「首輪に魔術師による《祝福》をかけていた。ミーアがどこに行ってもわかるように」

「魔術師ね。そこまでするほど、この子が大切なのかしら」

（こ、これが……修羅場、というものでしょうか……）

一触即発の二人の空気に、ミーアの毛並みは過去最高に逆立っていた。全身を伝うびりびりとした緊張に、ミーアは息をすることすらはばかられる。

『ぶ、……ぶにゃ、……うにゃうるにゃ……』

（ふ、二人とも、落ち着いてくださいませ……まずは話し合いを……）

だがミーアの必死の説得は届くはずもなく、魔女は脇に置いてあった杖を掴むと、その先端を今にも斬りかかってきそうなクラウスに向けた。

『――光よ！』

途端に部屋の中が白く染まった。まるで目の前で太陽が生まれたかのように眩しく、ミーアとクラウスはたまらず目を瞑る。するとミーアの入っていた籠が荒々しく揺れ動き、そのままふわりと宙に浮かび上がった。そのまま魔女の手元に移動させられる。

『ぶにゃあ⁉　ぶるにゃあ！』（な、なんですの⁉）

「ミーア！」

「あんたの相手は私。家を壊しておいて、ただで済むと思わないでよね！」

クラウスが駆け寄る間もなく、魔女は杖を床につくと『大地よ！』と叫んだ。すると床板を突き破って巨大な蔦が這い出し、クラウスの両足を拘束する。

「――くっ、……ミーアを攫《さら》ったのはお前の方だろう！」

「なんのことかしら？」

クラウスは絡みつく蔦を剣先で掻き切ると、魔女に向かって斬りかかった。だが刃が貫通した瞬間、魔女の体は煙のように霧散する。

『――霧よ』

「……っ、ミーアを、返せっ……！」

クラウスが魔女の本体を求めて振り返る。すると先ほどの蔦が、今度はクラウスの剣と手首を締め上げはじめた。一つは首にまで巻き付いており、クラウスはうめき声を上げる。

「――っ、くそ……」

（クラウス様！）

ミーアはたまらず魔女に向けてぶにゃあぶにゃあと非難の声をあげた。だが魔女はうるさいわねと言外に顔を顰《しか》めると、再度クラウスに杖を向ける。

「とりあえず、これで反省してもらうわね」

（な、何をなさるつもりなの⁉）

魔女はにっこりと微笑むと、自らの周りに氷塊をいくつも生み出した。それらは次第に円錐《えんすい》状に尖っていき、鋭い切っ先がすべてクラウスに向けられる。それを見たミーアはさらにぶにゃぶにゃと騒ぎ立てた。

『ぐるるるるにゃー！　ぶにゃう！　にゃう！』

（だめですわ！　そんなことしたら、クラウス様が死んでしまいますわ！）

「ご主人が危険で怒っているのかしら。でも仕方ないわ」

魔女は静かに微笑むと、優雅に手首を振った。それを合図に氷柱《つらら》たちは、クラウスめがけて一直線に飛翔する。

（クラウス様!!）

だがクラウスもすんでのところで蔦を引きちぎると、すぐに体の前で剣を構えた。次々に襲いかかる氷の刃を前に、一つも欠くことなく綺麗に叩き落とす。真っ二つになった氷の欠片《かけら》が床に転がり、魔女はわずかに片眉を上げた。

「やるじゃない」

「ミーアを返せ」

「さっきからそれしか言えないの？」

クラウスは靴裏を強く蹴り、魔女との間合いを一気に詰める。だが魔女も杖を横にして応戦しており、両者とも一向に武器を収める様子はない。ここまでの騒動で窓ガラスはほぼ全壊し、棚も花

瓶も倒れ放題だ。

（あああ、このままでは、二人とも……）

なんとかしなければと、ミーアはがしがじと自らが閉じ込められている籠をかじる。するとこの騒動で壊れたのか、出入り口がわずかに歪んでいた。ミーアはそれを見逃さず、はっしと鍵をこじ開ける。

だが突然、横っ面《つら》を張り飛ばされたような衝撃がミーアを襲った。

『ぶにゃっ！』

気づけばミーアは籠ごと壁に叩きつけられており、それを見たクラウスが絶叫する。

「ミーア！」

「あなたが無茶するから、手元が狂っちゃったじゃない」

不機嫌そうに眉を寄せる魔女に対し、クラウスはミーアを助け出そうと壁に向かって走り出す。

だがそんなクラウスの足元が、突如として凍りついた。比喩《ひゆ》ではなく文字通り――床からクラウスの膝あたりまでを、氷の枷《かせ》が覆いつくしている。

『ぶにゃう！』（クラウス様！）

「――くっ！」

「そんな猫に気を取られるからよ。そこまでその子が大切なわけ？」

「当たり前だ！」

食いしばる歯の間から、抑えきれない怒りと苛立ちをクラウスが漏らす。魔女はそんなクラウスを静かに見つめていたが、やがてくすりと微笑んだ。

「そう——幸せな猫ちゃんだこと」

すると魔女はクラウスに向けて、再び氷の刃を作りはじめた。先ほどの攻撃が児戯《じぎ》に思えるような、一つの巨大な氷の槍。その刃先は向こう側が透けて見えるほど、恐ろしい透明度を誇っている。

(い、いけません！　あんなものが刺さったら……！)

クラウスもさすがに驚いているのか、赤い瞳を大きく見開いていた。

魔女はゆっくりと腕を掲げ、クラウスに向けて凛然と告げる。

「まったく——どこの誰だか知らないけれど、魔女の家に押し入って、無事に帰れるとは思わないことね！」

(——！)

その言葉に、ミーアはぴんと耳を立ち上げた。

だがその間に魔女はゆっくりと口角を上げ、指先を優雅にクラウスへ向ける。研ぎ澄まされた刃がクラウスを捉え、瞬きの合間に放たれた——


とてつもない轟音が壁を伝い、部屋中に響き渡る。

立ち込める木屑と砂ぼこりの中、クラウスはうっすらと瞼を押し上げた。

（……？）

クラウスはすぐに自らの体を確認する。だが痛みはなく、胴体にも頭にも怪我は見られなかった。

振り返ると、頭から数センチずれた位置に氷の槍が突き刺さっている。

やがて不明瞭な視界の先から、魔女の奇妙な悲鳴が上がった。

「いや――！」

「……？」

少しずつ室内の粉塵が晴れる。クラウスの目に留まったのは、魔女と――その顔にべったりと張り付いた銀色の塊だった。ふわっふわの毛並みでできたそれは、魔女に向かって勇猛に『ぶにゃん、ぶにゃん』と騒ぎ立てている。

『ぶにゃう！　うるにゃーう！』（クラウス様を、殺させは、しませんわよ！）

「ちょっと何するのよ！　やだっ、口に毛が入る！」

『ぶるにゃうう！　うなーお！』（絶対絶対、離しませんわー！）

「……ミーア……」

それを見たクラウスは、魔女にどう声をかけるべきか迷い――とりあえず剣を鞘《さや》に収めた。

クラウスに引き剥がされて、ようやく魔女を解放したミーアは、彼の腕の中で『うなぅ、うなぅ』と嬉しそうに喉を鳴らしていた。

一方二人は一時休戦し、崩壊した部屋の半壊したテーブルで向き合っている。

「で？　お前は一体誰だ」

「それはこっちの台詞《せりふ》よ！　突然玄関ぶち壊して入ってきたかと思えば、剣を向けるわ誘拐犯扱いするわ、一体私が何をしたってのよ！」

また新たな修羅場が生まれそうな予感を察し、ミーアははっと顔を上げる。

（そ、そうでしたわ！　浮かれている場合ではありませんでした！）

ミーアはクラウスの胸にそっと前足を乗せると、諌《いさ》めるように『ぶなーう』と口を開いた。それを見たクラウスは、ミーアが無事であったことに安堵したのか、ようやく自らの失態を認める。

「俺はクラウス・ディアメトロという。この子の飼い主だ」

「……クラウス・ディアメトロですって⁉」

クラウスの名乗りに、魔女は予想以上に反応した。

ミーアはそれを見て、さきほどの魔女の言葉を思い出す。

（やっぱりこの方は……『クラウス様と会ったことがない』のですわ！）

クラウスが突然出没し二人が戦いを始めた時は、とんでもない事態になったとミーアは動転していた。だが改めて考えてみると、二人が「面識があった」と断定できることは何一つ口にしていなかった気がする。

そして極めつけは、魔女が漏らした『どこの誰だか知らないけれど』という言葉。

（つまり、この方の言うクラウス様は、クラウス様ではない『別人』……！）

ミーアの推理は当たり――このやりとりを経た魔女とクラウスは、ようやく互いの違和感の正体に気づきはじめたようだった。

「もしかして、レヒト公爵家？　あの大きな屋敷の⁉」

「……大きいかどうかは知らんが、レヒト公爵はこの俺だ」

すると魔女はそのまま黙り込んだ。その反応を見たクラウスは、すぐに疑いの瞳を向ける。

「まさかお前――ミーアを襲った魔女か⁉」

「ち、違う！　わ、私は、知らなかっただけで！」

「何が知らなかっただ！　ふざけるな‼」

再び立ち上がり剣を抜こうとするクラウスに、ミーアが慌ててすり寄った。

『ぶなーお、なおー！』（ク、クラウス様！　少しだけ、もう少しだけ話を聞いてください！）

「ミーア……」

ミーアの必死な様子に、クラウスは渋々手を止める。

それを見た魔女は、蒼白な表情で呟いた。

「じゃあ……彼は一体……」

(……)

言葉を失う魔女を目にしたミーアは、クラウスの腕からするりと抜け出すと、彼の制止を無視して魔女の元へと歩み寄った。彼女の顔を覗き込み、『ぶな……』と心配するように声をかける。

(……わたくし、お勉強はまったくできませんでしたけど、皆さまのお顔を覚えることだけは得意ですの……)

ミーアが魔女に襲われたあの日。

朝食の時に見かけた使用人。茶器の準備をしてくれた侍女たち。お茶会に招いた友人。

その日に会ったすべての人の顔を、ミーアははっきりと記憶している。

(……あなたは、勘違いしてしまったのですわ)

その人物は間違いなくあの日、レヒト公爵邸にいた。

だから魔女は疑わなかった——彼こそが、クラウス・ディアメトロであると。

(でも彼は、クラウス様ではなかった。彼は——クラウス様に会いに来た『ご友人』だったのです)

その時、半壊した玄関で足音が響いた。クラウスがすぐに反応し、魔女もまた陰った顔を上げる。

背後から現れたその人物を見て、クラウスが不思議そうに眉を寄せた。

「お前……どうしてここがわかった?」

「……」

そこに立っていたのは、クラウスの唯一無二の友人である——ラディアスだった。


「……あなたは、クラウスではなかったのね」

「アイリーン……」

アイリーンと呼ばれた魔女は、ラディアスを睨みつけると静かに口を閉ざした。その一方で、クラウスは突然現れたラディアスに困惑する。

「ラディアス? お前、この魔女を知っているのか」

「……ああ」

「それを、どうしてもっと早く……!」

怒りを露わにしかけたクラウスだったが、すぐに続く言葉を呑み込んだ。今思えば、クラウスは魔女について調査させていた間、ラディアスにはミーアのことを一切話していなかった。まさか一番身近な人間が、最大の手がかりを握っていたとは思わなかったのだろう。

この場のただならぬ雰囲気に、ラディアスも何かを察したのか、クラウスに向けて「ごめんよ」と告げる。

「まさかこんなことになっているなんて……もっと早く、君に伝えていれば……」

「……いや。俺の方こそ……いままで黙っていてすまなかった。……事情を知らないお前にまで知られたら、本当に、本当に彼女が戻ってこられないような気がして……。どうしても口にできなかったんだ……」

（……）

二人のやり取りに、ミーアはわずかな違和感を覚えつつ、こくりと息を呑んだ。クラウスがミーアのことを黙っていたのは、むやみに騒ぎを大きくしないためかと思っていたが、彼なりに口にしたくない信条が込められていたらしい。

ラディアスもその心境は理解できたのか、小さく首を振った。

「君が謝る必要はない。すべて、ぼくが原因なんだ」

そう言うとラディアスは再び魔女——アイリーンへ向き直った。

「アイリーン。今まで騙していて、本当にごめん。ぼくはラディアス。……クラウス・ディアメトロというのは偽名だ」

「ラディ、アス……」

魔女はラディアスと、その隣にいるクラウスを見比べると、もはや疑う余地もないと睫《まつげ》毛を伏せた。クラウスが説明を促すような目を向けているのに気づき、ラディアスは苦しそうに言葉を続ける。

「彼女……アイリーンとは王都で出会った。その時のぼくはまだ、彼女が魔女だとは知らなくて――本当に、ただの一目惚れだった」

名前だけでも知りたいと、ラディアスは勇気を出してアイリーンに声をかけた。だがアイリーンは警戒心を露わにし、なかなか親しくなることはできなかったという。

もちろん今となっては『魔女』という立場ゆえだと理解できるが、当時のラディアスはそんなアイリーンにとにかく夢中になってしまい、必死になって彼女を追いかけた。

「ある日ようやく彼女から名前を尋ねられて、喜びに浮かれあがったぼくは……とっさに、君の名前を言ってしまったんだ」

「何故そんなことをした」

「……怖かったんだ。正直にぼくの名前を言って、家柄だけで判断されるのが……」

(ラディアス様……？)

「知っての通り、ぼくはそれほど身分が高いわけじゃない。おまけに次男だ。爵位もなく、財産もないぼくと添い遂げたいと思う女性は少なくてね。……ぼくがどれだけ真剣に愛しているつもりでも、相手の方からお断りされてしまう。それに親御さんからの非難もすごくて――実際、多くの父親から『娘と別れてほしい』と言われたよ」

ラディアスは見目だけで言うならば、文句のつけようのない美男子だ。

だが低い家柄と次男という立場に難色を示され、たびたび別れを余儀なくされていたという。たしかにこの社交界において、よりよい家に嫁入りさせたいというのは親心としても察するに余りある。

ミーアの前ではそんな素振りを露ほども見せず、絶えず明るく振る舞っていたラディアス。だがその本心は、長い間傷つき続けていたのだろう。そうして知り合った本当に好きな女性――アイリーンを前に、もう二度とそんな思いをしたくないと考えたのは、ある意味当然かもしれない。

だがアイリーンは責めるような目で、ラディアスを睨みつけた。

「じゃあ何？　あなたは、私が家柄だけで、好きになるかを決めるような女だと思っていたわけ？」

「ち、違う!!　そうじゃないんだ！　ただぼくは……君のことが、本当に……本当に好きだったから……。もし本当のことを言って、君にまで拒絶されたらと思うと……」

「だからといって、私を騙したままでいいと思っていたの？」

「……」

アイリーンの強い口調に、ラディアスは深い悲しみを滲ませる。

「本当に、申し訳なかったと思っている……。ぼくも、君に嘘をつき続けることが耐えられなくて、何度も、何度も、本当のことを言おうと思った。だけど……」

幸か不幸かアイリーンは世事に疎《うと》く、ラディアスがクラウスの名を名乗った後も、レヒト公爵家であるとまでは知らないようだった。

彼女は今までの女性とは違い、ラディアス自身をちゃんと見てくれる。

家柄も生まれ順も関係ない。爵位も財産もない自分でも愛してくれる。

ならば自分が『ラディアス』であることを伝えても、彼女は離れていかないのではないか。

だがアイリーンが少しずつ心を開き、ラディアスに微笑むようになるにつれ、その決心は弱まった。彼女のことが大好きだったからこそ――真実を話して、この関係を失うのが怖かった。

ごめん、と呟くラディアスに、アイリーンはなおも激昂する。

「じゃあ！　どうして突然私の前から姿を消したのよ！」

「……それは」

「突然連絡も取れなくなって、私、心配で……」

「ごめん、その……実は少し前から、実家の監視下に置かれていたんだ」

その言葉にミーアは「え？」と首を傾げた。同じく物言いたげなクラウスに気づいたのか、ラディアスはこちらにも目を向ける。

「黙っていてすまなかった、クラウス。ここ最近のぼくの行動は、実家から細かくチェックされていた。大切な時期に、またふらふら出歩かれたらたまらないからだろうね」

「何故そこまで？」

「もちろん、君に伝えたあの件さ。……どうやらうちは、どうにかしてあの話をまとめたかったみたいでね」

あの件とは、ラディアスの縁談のことだろう。

今までの付き合いもあるし、彼にだけは事情を伝えたいからと説得し、かろうじてクラウスの邸を訪れることは許された。だが日時も細かく決められ、実家から出られたのは二回だけ。そのうちの一回が、まさにミーアが猫になった日――ということだった。

「本当は一番にここに来るべきだったんだけど……さすがに見張られているなか、簡単には辿り着けなくて……何よりこの場所が見つかれば、アイリーンに迷惑がかかると思ったんだ」

『魔女』と呼ばれ、王都から離れて暮らすアイリーン。監視下に置かれているラディアスがその存在を匂わせでもすれば――その矛先《ほこさき》がこちらを向く可能性もゼロではない。

やがて縁談の話を知らないアイリーンが、困惑したようにラディアスに尋ねた。

「ま、待って、ええと、ラディアス？　一体どういうことなの？」

「ごめんアイリーン。ぼくは実家から――他の女性との縁談を提案されていたんだ」

「はあ⁉」

すばやく箒《ほうき》を構えたアイリーンに向けて、ラディアスは大慌てて両手を上げた。ミーアは「またあの惨劇が⁉」と身を固くし、それに気づいたクラウスがぎゅっとミーアを抱きしめる。

「ま、ま、待ってくれ！　その話は、きちんと断ってきたから！」

「断って……きた？」

「……ぼくはねアイリーン、ずっと爵位や貴族というものに囚われていて、そのせいで幸せになれないのだと思い込んでいた。もしも長男なら、もっと上の爵位ならって……。でもいざ縁談の話が来た途端、ぼくの意思を無視してどんどん道が敷かれていって、挙句の果てに家に縛りつけられて……そこで、ようやく気づいたんだ」

一度言葉を途切れさせたラディアスは、静かに目を細めた。

「ぼくは君といる時が、一番幸せだった。家も名前も関係なかったんだ。ただの男として――『ラディアス』として見てもらえることが、どれほどの幸運で、奇跡だったのかと……」

「ラディアス……」

「……ごめん、遅すぎるよね。ぼくもそう思う。……でもそのおかげで、ぼくは覚悟を決めることができた。父や兄に本当の気持ちを伝えて、縁談を白紙に戻してもらったんだ。もちろん『本当に好きな女性がいる』と伝えてね」

その言葉に、今度はアイリーンが目を見開いた。

一族の家長と後継者に意見する――そんなことをしたらどうなるか、いくら世俗から離れている『魔女』とはいえ、すぐに想像できたからだろう。

「どうして？　そんなことをしたら、あなた……」

「もう自分に嘘をつきたくなかった。案の定、ものすごく怒られたけど……最後には二人も、相手の家も納得してくれた。だから、もう大丈夫」

するとラディアスはアイリーンの前に立ち、ふうと息を吐き出した。

そこにいたのは普段の浮薄な彼ではなく、ただ一人の『ラディアス』という青年。

「――君が好きなんだ、アイリーン」

アイリーンはぎゅっと箒を握りしめたが、やがて観念したようにため息をつくと、ようやく箒を手放した。そんなアイリーンの手を取ると、ラディアスは真剣な眼差《まなざ》しで口にする。

「名前を偽っていて、本当にごめん。でも君と過ごした時間も、ぼくの思いも、絶対に嘘なんかじゃない」

「ラディアス……」

「何度でも言うよ、アイリーン。君が好きだ。ぼくと……結婚してほしい」

ラディアスはそのままぐい、とアイリーンを抱き寄せた。自らの腕の中に閉じ込めると、会えなかった時間を埋めるかのように、彼女の肩に顔をうずめる。その雰囲気は――長い間、本当に愛しあってきた二人にしか出せないもので、ミーアは思わず涙を浮かべてしまった。

長い抱擁《ほうよう》の後、腕の中にいたアイリーンがぽつりと呟く。

「本当に……本当に、心配したんだから……」

「……ごめん」

「あなたに何かあったんじゃないかって、だから私、あなたの名前を調べて……そうしたら、公爵様だって言われて、おまけに結婚までって……。もう私……わけが、わからなくて……」

「ぼくのせいだ。もっと早くに、本当のことを告白していれば……」

「だから、だから、私……」

ぽろり、とアイリーンの目から一筋の涙が零れた。

普通の少女のように声を震わせ、ラディアスの胸に拳をぶつける。

「私、てっきり……私が『魔女』だと知って、それで、嫌いになったのかと、思って」

「――っ、違う！　君が誰であっても、この思いは変わらない」

やがてアイリーンの目がゆっくりと細められた。押し流された涙が雫《しずく》となって頬を伝う。

それを見たラディアスは、改めて彼女の体を抱きしめると耳元で優しく告げた。

「愛している、アイリーン。どうか、許してほしい……」

「ラディアス……」

腕の中にいたアイリーンが、そっと自身の目の端を拭った。嬉しそうに微笑むと、しっかりとラディアスを見上げる。

そして次の瞬間――ラディアスに向かって、力の限り拳を叩き上げた。

「――!?」

殴られた顎を押さえたまま、無様に床に倒れ込んだラディアスを、アイリーンは虫を見るような目で睨みつけた。

「どう考えたって許せるわけないわ！　大体なに⁉　自分の家柄に自信がないから、友達の名前を借りるとかありえないから！」

「ア、アイリーン？」

「結局あんただって！　あたしのこと、家柄で男を判断するような女だと思ってたってことでしょう⁉　魔女なめんじゃないわよ！　氷漬けにするわよ！」

「ご、ごご、ごめんアイリーン！　本当に、それはぼくの身勝手で」

「うるさい馬鹿！　小心者！　意気地なし！　最低男！　それからええっと――」

なおも拳を振り上げ、ラディアスを殴るアイリーンだったが、その目からはぼろぼろと涙が零れていた。その姿にラディアスは顔を顰め、「ごめん」とただそれだけを口にする。

すると、いつの間にかアイリーンの傍に来ていたクラウスが、そっと彼女の手を取った。えぐえぐと泣き濡れるアイリーンの背中を、クラウスはぽんぽんと優しく撫でており、その光景をラディアスはきょとんとした顔で眺めている。

「まったく――とんだ馬鹿男に引っかかっていたんだな」

「ク、クラウス？」

「あとは俺が変わろう」

そう言うとクラウスは、放心状態で座り込んでいたラディアスの胸倉をつかむと、無理やり引き立たせた。え、と目を見張るラディアスの横っ面をそのまま力いっぱい殴りつける。ラディアスの体は真横に吹っ飛び、既に半壊状態だった壁をついに全壊にした。

突然のことに目を白黒させるラディアスに向けて、青筋を立てたクラウスが吼《ほ》える。

「お前のせいで！　とんでもないことになってるんだ!!」

「え!?　ど、どういうことだ、クラウス！」

「あとで説明するからとりあえずもう一回殴らせろ！　怒りが収まらん!!」

「え、ええ――――!?」

そこでミーアはようやく、先ほど覚えた違和感の正体にたどり着いた。

（そうですわ！　ラディアス様は、わたくしの事情をご存じないのでした！）

ラディアスがここに現れた時、クラウスとの会話に微妙な差異がある気がして、ミーアはずっと疑問に思っていた。どうやら彼の反応を見る限り、ラディアスは単に『クラウスの名前を騙《かた》っていたのがばれた』と思っているらしく、ミーアが生死の境をさまよっていることまでは未だ知らないようだ。

（小さな嘘が、こんな事態になっているなんて思いませんわよね……）

やがて両手をパンパンと払いながら、クラウスが戻ってきた。

入れ違うように、ミーアはそろそろと粉塵の中に向かう。そこには、一回どころかまあまあ殴られたラディアスが、驚いた表情のまま固まっていた。真っ赤に腫《は》れた頬に手を添えたまま、近づいてきたミーアを涙目で見つめている。

「い、一体、何が……？」

『ぶなーう』

「お、お前は、クラウスの飼ってた変な猫⁉　もしかして、お前だけはぼくを慰めようとして――」

『ぶるにゃああああう！』

（んなわけないですわ！　というか、やっぱり変な猫だと思ってましたのね！）

歯を食いしばりなさいませ、とミーアは鳴くと、その短い手で最大級のパンチをラディアスにお見舞いしたのだった。


その夜、一行は夜明けを待たずにクラウスの邸へと移動した。

ミーアはクラウスの外套《がいとう》に包まれたまま彼の馬に、アイリーンはラディアスの馬に乗って彼の背に摑まっている。魔法でも移動はできるが、解呪のために力を温存したいらしい。

移動中、すべての事情を聞いたラディアスは、見るも無残になった美貌をしかめた。

「ミーアが、そんなことになっていたなんて……」

「すべてお前のせいだ！　お前が俺の名を騙ったりするから！」

「ごめん！　本当にごめん！」

「あといい加減言おうと思っていたんだが、俺の妻を名前で呼ぶのはやめろ！　イライラする！」

「それもごめん！」

「いいから急いで！　早く解呪を行わないと……！」

並走する馬で言い争いをする男たちを、アイリーンは迫真の表情で急かした。焦燥する魔女の様子を見て、クラウスは馬に拍車を押し当てる。ミーアもまた、荒々しく揺れる馬から振り落とされないよう、必死になってしがみついた。

やがて森を抜け、王都を背にして走ること数刻――レヒト公爵家の領地に差しかかった。舗装された街路を二頭の馬が駆け抜け、ようやくクラウスの邸へと到着する。ミーアを迎えに行った主を心配してか、外門には執事をはじめ、他の使用人たちが勢ぞろいしていた。

「悪いが、馬を頼む」

「かしこまりました」

出迎えへの労《ねぎら》いもそこそこに、クラウスはミーアを抱えて馬から飛び下りると、礼拝堂へと急ぐ。その後にラディアスとアイリーンが続いたが、それを見た使用人の何人かは、あの時の魔女だと動揺を隠せなかった。だがそれを説明する間もなく、三人は慌ただしく移動する。

「こっちだ」

なかば走るような速度で邸の中を通過し、クラウスは廊下の先にある扉を開けた。礼拝堂――静《せい》謐《ひっ》な空気に包まれた懐かしい光景に、ミーアはまたここに戻ってこられたと実感する。

しかし思い出に浸る暇はなく、三人と一匹はミーアの棺の前に立った。凍りついたミーアを初めて見たラディアスは、驚きに目を見開いている。クラウスは荒々しい息を吐き出しながら、アイリーンに視線を向けた。

「アイリーンといったな。何か必要なものはあるか」

「いいえ。これだけ完璧な状態で残されているのであれば、おそらくは……」

やがてアイリーンは、すうと息を吐きだした。

棺で眠るミーアの額に杖の先端を向け、まるで物語を語るかのように音を紡ぐ。

『氷の聖霊よ、我が祈りに答えよ。汝《なんじ》が力、我が元に帰り給え。あえかなる魂よ——この者のあるべき姿として、その肉体に還《かえ》り給え——』

差し出された杖の先から、発光する二重の円が映し出される。円の中には、幾何学《きかがく》的な文様や異国の言語がぎっしりと描かれており、ミーアははらはらとした面持ちで自身の体を見つめた。

やがて光は薄いベールを下ろすようにミーアの体に降り——そのまま、無音の時が流れる。

痺れを切らしたクラウスが、アイリーンに問いかけた。

「……どうだ」

「……」

だがアイリーンは答えず、再び同じような言葉を口にする。

そのたびに似たような意匠《いしょう》が浮かび上がり、氷漬けのミーアを覆いつくすが——何度試しても、結果は変わらなかった。やがてアイリーンは、その場にどさりとへたり込む。

「ど、どうし、よう……」

「まだ諦めるな！　言え、何が必要なんだ！」

「術は完璧に作用しているわ！　でも……戻らないの！」

「戻らない……？」

「この子の『魂』が……体に還ろうとしていない……」

『魂』という言葉に、ミーアは耳をぴんと持ち上げた。

たしか、魔術師が必要だと言っていたものだ。

「この術を使うと、肉体と魂が分断される。でも魂は……肉体との結びつきがすごく強いものだから、体が眠っている間は近くにとどまっているものなの。だから術を解きさえすれば、大抵はきちんと元通りになるはずなのに……」

ミーアにかけた『氷姫《こおりひめ》の呪い』──こう呼んでいるのは魔術師たちだけで、アイリーンたち魔女は『眠りの魔法』と呼んでいる──は、比較的平凡な魔法なのだという。

愛する配偶者が大変なことになれば、さすがのクラウス──ラディアスもアイリーンのもとに現れるだろうと考え、軽い脅しのつもりでミーアに施したものの、頃合いを見て解呪に行くつもりだったらしい。

「……ミーアの魂が、ここにないということか？」

「断言はできないけれど、おそらくは……。魂が肉体を離れて、遠くに移動してしまっているとしか……」

（わ、わたくし、ここにおりますのに⁉）

だが非難の声を上げる前に、ミーアははっと自身の行動を思い出した。

考えてみればミーアは猫になって以来、自分の体と離れている時間が長かった。クラウスとともに礼拝堂を訪れる機会はあったが、それ以外は常にクラウスの傍にいたからだ。

もしもそれが、魂がうまく体に戻らないことに影響しているのだとすれば……。

（わ、わわ、わたくし、もう、戻れませんの……？）

ようやく助かると思っていた希望の糸が、突然ぷつりと途切れた音がした。ミーアの視界がじんわりと滲み、ぼろぼろと涙が零れてくる。

『ぶにゃあ……』

「ミーア……？」

『ぶにゃああ、ああ……なぁ……』

悲痛な鳴き声を上げるミーアを見たクラウスは、すぐに顔を上げるとアイリーンに対して声を荒げる。

「魂があればいいのか⁉」

「……」

「俺が捜してくる！　言え、一体どうすればいい⁉」

しかしアイリーンは、クラウスの目を見て弱々しく首を振った。

「魂は……目には見えないわ。あらかじめ準備していれば、人形とかにとどめることはできたけど……」

「でもどこかにあるんだろう⁉　なら……！」

「魂が自分から離れたということは……『この場所にいたくない』という意味でもあるの……。だからきっともう、彼女の魂は……」

「……！」

（ち、違いますわ、クラウス様！　わたくし、ここにいますわ！　いたくないなんて、まったく、これっぽっちも思っていませんわ！）

ミーアは必死になってクラウスの足元に縋《すが》り付く。

だがクラウスはアイリーンの言葉にショックを受けているのか、真っ赤な目を大きく見開いたまま完全に硬直していた。まるでこの世のすべてに絶望したかのような――その様子を見て、ミーアはさらに『ぶにゃう！　ぶにゃう！』と泣き叫ぶ。

だがミーアの言葉も虚しく、クラウスはぽつりと掠れた声を落とした。

「……ミーアが、ここに、いたくなかった……？」

「も、もちろん、それだけが理由とは限らないわ！　何か、ひょんなことがきっかけで、戻ってくることもあるし……」

「……」

急激に覇気《はき》を失ったクラウスに、アイリーンとラディアスはかけるべき言葉を失ってしまう。少しだけ頬の腫《は》れが引いてきたラディアスが、おずおずとアイリーンに提案した。

「ほ、他の方法はないのかい？」

「……望んでいない魂を呼び戻すのは、相当難しいわ。たとえ見つけ出せたとしても、……彼女の意思がなければ、この体に還ってきてくれるかどうか……」

（だからわたくし、望んでいますのに！　どうしてですの⁉）

もしかして、このぬいぐるみの体に馴染みすぎて元の体に戻れなくなってしまった⁉　と考えたミーアはぶわりと全身の毛を逆立てた。眠り続ける自身の体に駆け寄ると、ていてい、と短い前足を必死に伸ばす。

しかし、愁然《しゅうぜん》としたクラウスからやんわりと止められた。

「ミーア……いいんだ」

『ぶなっ⁉』

「ミーアはきっと……俺の元に、帰りたくないんだろう」

『ぶなあああー⁉』

クラウスの言葉を、ミーアは必死になって否定した。だがクラウスは、棺を挟んでミーアの反対側に腰を下ろすと、凍えるミーアの頬にそっと手を伸ばす。

「……当たり前だ。俺は彼女に酷いことばかりしてきた」

『……』

「懸命にこの家に馴染もうとしていた彼女に、優しい言葉一つ、かけてやれなかった。格好悪いところを見せたくないと、自分を偽り続けていた……」

（クラウス様……）

「無様でも、情けなくても、もっと彼女の傍にいればよかった。いつか立派な男になったらなんて──君がいなくなったら、そんなもの、何の意味もないのに」

冷たく凍り付いたミーアの手に、クラウスは自身の手を重ねあわせた。そのままクラウスはいつものように──静かにぼろぼろと涙を零す。

「ミーア……ごめん。俺は、本当に、だめな男だった……」

（クラウス様、違いますわ、わたくしの方こそ、なにも……）

「でも俺は……君のことが、本当に、本当に──好きだったんだ……」

やがてクラウスは体をかがめ、眠り姫と化したミーアの唇に口づけた。まるで別れを告げるかのようなその光景を前に、ミーアはいやいやと首を振る。

（だめですわ……わたくし、クラウス様に、何も伝えていませんのに……）

今までたくさん、わがままを言ってごめんなさい。

嫌われていると思い込んで、冷たい態度をとってごめんなさい。

それから――

（――好き、です）


クラウスと過ごした日々の思い出が、色鮮やかによみがえる。

初めて婚約の話を聞いた時は『公爵家の方から見初《みそ》められるなんて！』という両親の言葉に背中を押され、二つ返事で受け入れた。急な不幸で、一時は破棄されるかもしれないと不安になったこともあったが、クラウスは変わらずミーアを選んでくれた。

（……そうですわ。だからわたくしは、クラウス様は誰でもいいわけではない。本当にわたくしを望んでくれているのだとわかって……嬉しかった……）

いざ顔を合わせてみれば、少々愛想はなかったが実に麗《うるわ》しい美青年で、ミーアはほっと胸を撫で下ろした。愛し愛される仲のいい夫婦になりたい。彼を支える使用人たちとも打ち解けたいと、自分なりにできる限り努力した。

ただその時のクラウスは、ミーアに対して冷たい態度をとるばかりだった。

だからミーアも次第に、居場所と自信をなくしてしまった。

（でもそれはクラウス様の、ほんの一部分でしかなかった……）

猫の姿になって、ようやく知ることができた。

クラウスが寝る間も惜しんで仕事をしていること。

お茶会をしているミーアを、ずっと陰から見守っていてくれたこと。

ミーア自身も忘れていたような、遥か昔の思い出を大切に持っていてくれたこと。

（わたくしは本当にいつも……気づくのが遅いですわ……）

泥まみれのミーアを抱きしめてくれた。ミーアがしでかしたことに、最後はいつも笑って許してくれた。そして――動くことのないミーアの棺の前で、一人になったベッドの中で、毎日のように涙を零してくれた。

全部、大好きだった。

怖くて、厳しくて、嫌われていると思っていたのに――本当は、すごくすごく優しくて、温かくて、とんでもなく泣き虫だった。

でもそんなクラウスが、ミーアは以前よりもずっと、大好きになっていたのだ。

（どうしてもっと早く、この気持ちに気づけなかったのでしょうか……）

人間の姿なら言葉でいくらでも伝えられたし、ぎゅっと全力で抱きつくこともできた。クラウスが好きだという気持ちを表す方法は、いっぱいいっぱいあったのに。

この――濁った声と短い足では、それすら叶わない。

『ぶにゃ……』

目の前にいるクラウスが、まるで全然知らない誰かとキスをしているかのようで――ミーアの小さな胸がぎしりと軋む。奥歯を噛みしめ、前足を震わせながら俯いた。

やがてミーアの目から、ぽろりと涙が零れる。

エメラルドのような瞳から、大粒の雫がぴちゃん、と棺の中に落ちた——その時だった。


（……？）


ミーアの涙が触れたところから、薄緑の光が浮かび上がった。

それは凍り付いたミーアの体に広がっていき、淡い輝きを纏いはじめる。

目を閉じたままのクラウスは気づいていないらしく、ミーアはその情景になぜかうっすらとした確信を得ていた。

（……もしかして、今なら、戻れますの？）

お腹の奥がぞわぞわと浮き立つ。初めての感触にミーアはうろたえながらも、同時に『今しかない』という予感があった。

（——神様、お願いします。これからは、ちゃんとお勉強もいたします。ダンスのレッスンもしっかりとやります。食事も好き嫌いなくいただきます。それから、それから……）

ふわり、とミーアの体の中心が暖かくなる。

（クラウス様に、好きだと、伝えたいのです。だから、だから——どうかわたくしを、元に戻してくださいませ……！）

強く願ったその瞬間、ミーアは奇妙な浮遊感に包まれた。頭の中が真っ白に塗りつぶされ――まばゆい光に意識が飛ばされる。

わずかな空白の後、ミーアはとくん、という心臓の一音を聞いた。


「……？」

慣れない感触に、ミーアは体を強張らせた。

全体的に軽い――細くてもろくて、頼りない感じだ。

（……なん、ですの？）

手足を動かそうと思ったが、まるで全身が金属になってしまったかのように微動だにしない。

ミーアは仕方なく、首から上に意識を集中させてみた。

幸い顔はそれほど固まっておらず、ミーアは呼吸できるかを確認する。無事に息をしているとわかると、今度は瞼に力を込めた。だがこれもまた、霜で貼りついたかのようになかなか開くことができない。

（う、ううーん）

ようやく睫毛が動き、ミーアはうっすらとした光明を得た。

青を基調とした礼拝堂の天井。ステンドグラスから差し込む朝日。そして――真っ赤に泣き腫らした目を、大きく見開いたクラウスの顔。

驚きに言葉を失っているクラウスを見つめると、ミーアはゆっくりと目を細める。

「クラウス、様……」

「ミーア……？」

美しい鈴のような声に、ミーアは最初誰がしゃべったものなのかよくわからなかった。だがすぐに自分が発したものだと気づき、ふふ、と思い出し笑いを浮かべる。やがて他の器官も活動を始めたのか、ミーアの体に少しずつ暖かさが戻ってきた。

「クラウス様……本当にクラウス様ですわ……」

「ああ、俺だ。ミーア……本当に、ミーア、なのか……？」

はい、とミーアが答えるのを見て、クラウスは何度も目をしばたたかせていた。その直後、ようやく引っ込んでいた涙腺から、クラウスは再び涙を溢れさせる。端整な顔が台無しになるほど泣き続けるクラウスを見て、ミーアもまた喜びの涙を滲ませた。

やがてクラウスは人目もはばからず、ミーアを腕の中にかき抱いた。冷え切った肌が、クラウスの腕の中で少しずつ溶かされていく――その幸せな感触に、ミーアは甘えるように彼に頬をすり寄せる。

「ミーア、本当に、本当に良かった……」

「……クラウス様」

「ミーア……」

痛いくらいに抱きしめてくるクラウスを愛おしく思いつつ、ミーアは彼の背後に目を向けた。

そこには安堵と感動で貰い涙を零す魔女と、初めて見る友人の取り乱しぶりに放心状態のラディアスがおり、ミーアは夢ではなかったと確信する。

しばらくして、ようやく涙を落ち着けたクラウスが、ミーアを腕に閉じ込めたまま呟いた。

「もう二度と……俺の、ところに……戻ってこないかと、……おもった」

「どうして、そんなことを？」

「だって俺は……君に、嫌われていて……だから君は……」

素直な言葉を告げる――そこに、かつてミーアが恐れていたクラウスはいなかった。

必死になって演じてきた有能な姿も、表面上だけの冷静な姿も、すべて跡形もなくなっており――その姿は、ミーアが猫だった頃に見てきたものとまったく同じものだった。

ミーアは黙ってクラウスの言葉を聞いていたが、すぐにふるふると首を振った。クラウスの体をそっと押し戻すと、彼の顔を覗き込む。

「わたくしの方こそ、今まで本当に申し訳ございませんでした」

「ミーア……？」

「クラウス様の気持ちを考えず、勝手なことばかりして……ごめんなさい」

ミーアはそのまま、彼の胸に置いていた手をすっと持ち上げた。白く繊細なミーアの指がクラウスの首筋を撫で、そのまま彼の頬に添えられる。

「ミ、ミーア？」

「クラウス様……好きです」

そう言うとミーアは、咲き初めの薔薇のように美しく微笑んだ。

一方クラウスは、言われている言葉の意味がわかっていないのか、きょとんと瞬いている。だが首からじわじわと赤味が差してきて、次第に挙動不審になった。

「ミーア？　君は一体、何を……」

「しゃべれるようになったら、一番に言おうと決めていましたの。クラウス様、好きです。大好きです！」

「わ、わかった！　わかったから‼」

するとクラウスはぱっと後ろを振り返り、アイリーンに向かって目だけで合図をした。

どうやら魔法のミスを疑っているのか、確認のためかしきりに首を振っている。だがアイリーンは『魔法には問題なし。それは間違いなく本人』とジェスチャーで返した。

それを目にしたクラウスは、慌ててミーアの方に顔を戻す。

「ほ、本当にミーアなんだな？」

「本物ですわ！　どうして疑いますの？」

「い、いや、だって……」

「思い出だってすべて覚えていますわよ！　わたくしがクラウス様の寝室を初めて訪れた時、なんと言って帰されたかだって……」

「わかった！　わかったから、それは言わなくていい‼」

いよいよ顔中を真っ赤にしたクラウスが、慌ててミーアの口を手でふさいだ。その体勢のまま二人はしばらく沈黙していたが、やがてどちらともなく笑みを漏らす。

「心配しなくても、わたくしはちゃんと本物ですわ」

「……ミーア……」

「本当に本当に……ありがとう、ございました」

猫になったミーアに、とても温かく接してくれたこと。

必死になって魔女を探し、ミーアを助け出してくれたこと。

クラウスがいなければ、今頃ミーアはどこかで孤独に命を落としていたことだろう。

嬉しそうに破顔するミーアを前に、クラウスはわずかに苦笑する。

「俺の方こそ、こんなに時間がかかってしまって、……本当に、すまなかった」

「クラウス様……」

「でも良かった……君が戻ってきてくれて、俺は……」

クラウスの腕が再びミーアの体に回される。しっかりとしたクラウスの胸板にミーアが顔をうずめていると――しばらくして、クラウスが名残惜《なごり》しそうに体を離した。

どうしたのでしょう？　と少し残念そうな顔をして、ミーアは窺うように視線を上げる。すると
クラウスが真剣な面持ちで口を開いた。

「……俺も、君が目覚めたら、一番に言いたいことがあった」

「クラウス様？　何を――」

「ミーア、俺は君が好きだ」

クラウスの真っ直ぐな言葉に、今度はミーアの思考が吹き飛んだ。

「君がいなくなってから、ずっと後悔していた。もっと君にちゃんと気持ちを伝えるべきだった。

もっと話をしたかった。君に笑っていてほしかった――こんなに情けなくて、何もできない俺だが
……君のことが好きだ。大好きなんだ」

「あ、あの、クラウス、様？」

「今まで必死になって格好つけてきたが、俺はあんな後悔、もう二度としたくない。だから伝えら
れる時にちゃんと言うことにした」

「そ、それはとても、嬉しいのですけども、その」

「何か問題が？」

そこでミーアはもう一度、クラウスの背後をちらりと見た。視線に誘われるようにクラウスが振
り返ると、アイリーンとラディアスの二人と目が合ってしまう。その瞬間――命の危機を感じ取っ

たラディアスは、アイリーンの腕を掴むと目にも留まらぬ速度で礼拝堂を後にした。

邪魔者がいなくなったのを確認したクラウスは、すぐにミーアの方を振り返ると、どこか満足そうに微笑む。

「——何か、問題が?」

(……ク、クラウス様って、こんな笑い方もなさいますのね……)

やがてクラウスの手が、ミーアの頬に伸びた。白銀の髪をかき上げると、顔を近づけ二度目の口づけを落としてくる。だが先ほど口づけられていたのは氷漬けの体で……と気づいた瞬間、ミーアはぼんと赤面した。

(わ、わたくし、は、はじめて、では……⁉)

クラウスの唇は想像以上に柔らかく——そのとろけるような感触に、ミーアの心臓は破裂しそうだった。キスとはこういうものなのねと、まざまざと心に刻みつけられる。

しばらくしてクラウスの顔が離れ、ミーアは我慢していた息を一気に吐き出した。それを目にしたクラウスが、くすと笑いを零す。

「息をするのを我慢していたのか?」

「だ、だって、どうやってしたらいいのか……」

「こういう時は、鼻でするんだ」

そう言うとクラウスは顔の傾きを変え、三度目のキスをねだった。薄く開いたクラウスの唇がミーアのそれにかぶさり、ミーアはまたしても逃げ道を失ってしまう。

息継ぎをしようとしても、ミーアを抱きしめるクラウスの力は強く、ミーアは必死になって彼の体を両手で押し戻した。しかしまるでじゃれつく子猫をいなすかのように、クラウスはミーアの体を手繰《たぐ》り寄せる。

ようやく口づけから解放され、はあっと酸素を求めるミーアの瞳を、クラウスが幸せそうに覗き込んだ。

「はは、……ああ。……本当に、ミーアだ」

「……？」

「生きている……ミーアが、俺の腕の中に……いる……」

（クラウス、様……）

ミーアもまた彼を見つめ返す。クラウスの赤い虹彩に自身の姿が映り込んでおり、ミーアはどうしても目が離せなくなる。やがて互いに視線を絡ませたまま、クラウスはミーアの存在を確かめるように抱きなおした。

ミーアもそっと彼の胸に頭を寄せる。猫だった頃も何度もこうして、クラウスに抱きしめてもらった。でも今が一番——満たされている気がする。

（クラウス様……）

長い抱擁が続き、ミーアはちらりとクラウスの様子を窺った。

クラウスはミーアを抱きしめたまま動く気配がなく、仕方なく彼の背中を軽く叩く。

「……?」

どうした、とゆっくり顔を上げたクラウスの顔に、ミーアはそろそろと手を伸ばした。彼の頬に指を添わせると、少しだけ体を持ち上げて、今度は自らクラウスに口づける。

「――ッ」

その瞬間、クラウスはわずかに目を見開いた。だがすぐに目を閉じ、ミーアの腰に手を回す。

誰もいない礼拝堂の中、長い長い時間を二人だけで味わい――ミーアはようやく、キスの際の息の仕方を身をもって学んだのであった。

第四章　新たな生活の始まり

淡いピンクをたたえた白銀の髪。エメラルドのような見事な碧眼《へきがん》。細くて華奢《きゃしゃ》な手足。

化粧台の前に座り、鏡に映る自身の姿を見ていたミーアはしげしげと目を凝らした。

（本当に……人間に戻れたのですわ……）

二ヵ月弱しか経っていないはずなのに、本当にこんな顔だったかしらと心配になり、ミーアは何度も角度を変えて確かめる。

クラウスの丁寧なブラッシングによって艶々《つやつや》と輝いていた銀の毛皮も、ミーアの気持ちを誰よりも代弁してくれた長い髭《ひげ》も、へたったり立ち上がったりと忙しかった耳もなくなってしまい、ミーアはどことなく寂しさを感じていた。

だかすぐにぶんぶんと首を振る。

（で、でも、この体でないとクラウス様とお話しできませんし！）

やがて朝の支度《したく》を手伝いにレナが姿を見せた。鏡越しにそれを見つけたミーアは、急いで立ち上がるとレナの傍に駆け寄る。

「レナ！　ありがとうございます！」

「お、奥様!?　ど、どうされましたか？」

突然のことに驚くレナを見て、ミーアはあっと口を押さえた。

猫だった時、毛布をくれたお礼を言いたくて仕方がなかったのだが、よく考えてみればレナはあの猫がミーアだったことを知らない。説明したところで『まだ呪いの影響が残っているのでは……』と訝《いぶか》しがられるだけだろう。

「あ、ええと、その……い、今まで、助けていただいたことを、思い出しまして……」

「奥様？」

「……今まで八つ当たりのようなことをして、申し訳ありませんでした。レナの言う通り、クラウス様は本当にわたくしのことを、大切にしてくださっていましたわ」

以前とはまるで違う殊勝な態度のミーアを前に、レナはなんと言葉を発していいかわからなくなっているようだった。しかし意味を理解した途端、ぽろりと一粒の涙がレナの目から零《こぼ》れ落ちる。

「奥様……そんな、私の方こそ……」

「どうかこれからも、わたくしに至らないことがありましたら、教えていただけないでしょうか」

「そ、そんな⁉　私が奥様になんてとても！」

「お願いします。わたくしはこれからクラウス様の妻として、もっとしっかりとした自分になりたいのです」

その凛然とした言葉に、感極まったレナはさらに泣き出してしまった。どうしましょう、と慌てたミーアがハンカチを差し出すと、レナはありがとうございますと受け取り、さめざめと目元を拭う。

そうこうしているうちに、いつものように部屋に朝食が運ばれてきた。女中が食事の準備を整えている間に執事が突然姿を見せる。

「あ、は、はい！」

「——奥様、旦那様からこちらに来るよう申し付けられたのですが」

泣きじゃくるレナを慰めつつ、ミーアはすぐに背筋を正した。猫だった頃の名残《なごり》だろうか、ミーアはいまだにこの執事に対して恐怖心がある。だが彼をここに呼びつけたのは、他ならぬミーアだ。

「こんな早くに申し訳ございません。でもどうしても、お願いをしておきたくて」

「いかなるご用件でしょうか？」

「その前に——我が家の使用人たちの食事について、何か決まりごとはあるのでしょうか？」

ミーアの意外な問いに、執事はわずかに目を見開いた。

「……いえ。私ども上級使用人と、それ以外に多少の差はございますが、他家と比べましてもごく一般的な内容です。明確な規定もございません」

「でしたら……皆さまが食べる食事の内容を、変えていただきたいのです」

「と、おっしゃいますと……」

自分はそれほど食べるわけではないので量を減らしてほしい。その分、使用人たちの食事の品質を上げてもらえないかと話すミーアを、執事は信じられないものを見るような目で凝視していた。

「使用人たちの取り計らいは、あなたに一任されているとお聞きしました。もちろん、クラウス様の了承はわたくしからいただいております。もし予算的に問題がないのであれば、検討していただけないでしょうか？」

「……それは、ええ、はい」

「それからあの、厨房《ちゅうぼう》の下働きにヴィルという、若い男の子がいると思うのですが」

「たしかにおりますが……彼がなにか」

「その……少しでいいので、お小遣いをあげていただけないでしょうか？　以前、色々と助けていただいたことがありまして」

「か、かしこまりました」

まさかミーアが末端の使用人の名前まで知っているなどと、つゆほども思っていなかったのだろう。わかりやすく動揺していた執事だったが、やがてきっちりとした礼をミーアに向けると静かに部屋を後にした。

一気に緊張の糸が切れ、ミーアははあと息をつく。

よく考えてみれば、以前のミーアはクラウスの予定を聞く以外、あの執事とまともに会話をしたことがなかった。こうした邸や使用人のことを自ら提案したのは初めてかもしれない、とミーアは感慨にふける。

（でも……わたくしでも、ちゃんとやれましたわ）

その後朝食を終えたミーアは、レナに家庭教師の派遣を依頼した。今まで断り続けていたのにどうして、というレナの驚きが口にせずとも表情でわかり、ミーアは思わず苦笑する。

「その、もう少し……きちんと勉強しようと思いまして」

「お、奥様……！」

ついでにダンスの講師もお願いすると、レナはすぐさま了承し、風のような速さでミーアの私室を後にした。一人になった部屋で、ミーアは鏡に映った自分の姿をしっかりと眺める。

(もう一度――今度こそ、クラウス様の妻として)

可愛い可愛い宝石姫。ちやほやされて、褒めそやされて。

今までずっと、目に見える優しさだけに振り回されていた。

でも本当に大切なものは、見た目やわかりやすい美辞麗句《びじれいく》ではない――ミーアはそのことを、猫になってようやく理解したのだった。


外で誰かの声がした気がして、ミーアは楚々《そそ》と扉を押し開いた。

すると廊下の向こうから、クラウスが「ミーア、ミーア」と呼んでいる。ミーアはぱあと顔をほころばせると、嬉しそうに廊下に飛び出した。

「クラウス様、お呼びになりましたか？」

「あ、いや、その……すまない、君ではなくてだな」

「はい？」

「じ、実は……君がいない間に、猫を拾ったんだ。その……君の目とよく似た色をしていたから、ついその……『ミーア』と名付けてしまって……」

「――――！」

その言葉に、ミーアはようやく自分の勘違いに気づいた。

クラウスが呼んでいたのは、今朝から姿の見えない『猫』のミーアであり、『人間』のミーアではなかったのだ。言われてみれば、ミーアに会いたいのであれば部屋に来ればいいわけで――と自らの浅慮さに赤面する。

だがクラウスはさらに、ぎこちなく言葉を続けた。

「そ、それで、その……さすがに、少し、離れてもらいたいんだが……」

え？　と疑問符を浮かべながら、ミーアはクラウスを眺める。クラウスの顔は何故か真っ赤に染まっており、ミーアから目を背けるように横を向いていた。それを見たミーアもまた『何だか普段より目線が近い？』と首を傾《かし》げる。

しかし次の瞬間、ミーアはぼんと顔から湯気を立てた。

（――わ、わたくし、今、人間でしたわ！）

猫だった頃は、ミーアと呼ばれれば駆け付け、クラウスの腕の中にすっぽりと収まることがもはや習慣と化していた。

だが今のミーアは人間だ。呼び出しに答えたミーアは無意識に、クラウスに抱きついてしまい――ようやく気づいたミーアは、大慌てでクラウスから体を引き離す。

「も、申し訳ございません！　わ、わたくしとしたことが……」

「あ、いや、その、嫌だったというわけではなくてだな！　ここではその、……人目があるから、君が不快な思いをするのではないかと」

「そ、そんな、ことは……」

少し距離を空けた二人は、そのまましばらく押し黙った。間違って飛びついたことが徐々に恥ずかしくなってきたミーアは、一歩二歩とじりじり後ずさる。

「あの、わたくし、これで、失礼いたします……」

「あ、ああ……」

深々と頭を下げたミーアは、クラウスに背を向けると、恥ずかしさを堪えるように両頬に手を添えた。だがしょんぼりと落ち込んだ状態で部屋に戻ろうとするミーアを、クラウスがぎこちなく呼び止める。

「ミ、ミーア！」

「は、はい？」

今度はわたくしのこと？　とミーアは慌てて振り返った。

するとクラウスは思わず口にしてしまったという顔つきで、続く言葉に迷っている。やがてわずかに視線を落とすと、赤くなった顔を片手で隠すようにしてミーアを誘った。

「ここは人目がある、から……良ければ、俺の部屋に来ないか？」


クラウスの執務室に足を踏み入れたミーアは、懐かしさに溜息を漏らしそうになった。ここ二ヵ月ほど、一日の大部分を過ごした馴染みのある光景。ちらりと壁際に視線を動かすと、かつてミーアが寝ていた籠《かご》も置かれたままだ。

「こちらに」

ソファに座ったクラウスに促され、ミーアはそろそろと彼の傍に腰かけた。猫だった頃は結構な頻度《ひんど》で丸まっていたソファだが、人間の姿では初めてね、とミーアは感触を指先で確かめる。

するとクラウスが再び、赤面した状態で口を開いた。

「ミ、ミーア……その、この距離は少々、話しづらいんだが……」

「え？」

その言葉に顔を上げたミーアは、文字通り飛び上がった。ミーアはあろうことか、クラウスの傍

――というよりもはや彼の膝の上に、ちょこんと座り込んでいたのだ。

猫だった頃は『座る』といえばクラウスの膝の上であり、ソファの時でも当然のようにそうしていたものだから、何の迷いもなく腰を下ろしてしまった――とミーアは慌てふためく。

「も、申し訳ございません！　と、とんだご迷惑を！」

即座に立ち上がったミーアは、遠く離れた対角線上のソファに急いで座りなおした。怯えるように縮こまってしまったミーアを見て、クラウスは困惑した声を上げる。

「ち、違う！　迷惑という意味ではなくて、その、二人だけであれば全然構わないのだが、ここは突然誰かが来る恐れもあるし……いやそういうわけではなく！」

何を言っているんだ俺は、と耳まで赤くしたクラウスは早口で呟いたかと思うと、はあと息を吐き出した。ぐったりと疲弊《ひへい》した様子で顔を伏せていたかと思うと、ようやく口を開く。

「すまない……また情けないところを見せたな」

「そ、そんなことはありません！　私の方こそ、失礼いたしました！」

慌てるミーアを見て、クラウスはわずかに苦笑する。

「あれから、体に問題はないか？」

「は、はい。以前と変わりありませんわ」

「そうか」

本当は四足歩行から二足歩行に戻ったせいで、少しだけ違和感が残っているのだが、さすがに猫だったことを知られるわけにはいかない、とミーアは笑顔でごまかした。クラウスもそれ以上追及することはなく、どこか安堵した表情を浮かべると、ぽつりぽつりと言葉を続ける。

「君が無事で——本当に良かった」

「クラウス様……」

「俺は、……とりかえしがつかない後悔をするところだった」

それからクラウスは、かつて猫のミーアに聞かせてくれた本心を少しずつ語ってくれた。

小さい頃、ミーアに出会って恋をしたこと。

以前渡したぬいぐるみは、その時からずっと預かっていたものであること。

本当はもっと立派な男になって結婚するはずが、何の準備もできないまま夫婦になってしまったこと。情けない自分に失望されたくなくて、ミーアと距離をとっていたことなどを、包み隠さず明らかにしていく。

そうしてすべてを告白したクラウスは、改めてまっすぐにミーアの方を見た。

「今まで、本当にすまなかった。こんな……頼りない俺だが、その……これからも一緒にいてもらえないだろうか」

「クラウス様……」

少しだけ不安を帯びたクラウスのまなざしに、ミーアはすぐに笑みを返した。こくりと頷くミーアを見て、クラウスもまた張り詰めていた緊張を和らげる。

やがてクラウスが、ソファの隅に座るミーアに向けて腕を広げた。

「ミーア」

「は、はい」

「——おいで」

それを聞いたミーアは最初、自分がまた猫になってしまったのかと思い、きょろきょろと自身の体を見回した。だが間違いなく人間のままであることを確認し、恐る恐るクラウスに視線を戻す。

(わ、わたくし、クラウス様に、呼ばれていますの？)

猫ではない。

人間のミーアを、クラウスが求めている。

信じられないと思いつつも、ミーアはおずおずと立ち上がると、クラウスとの距離を詰めた。拳二つ分ほどの微妙な距離を空けて、クラウスの隣にそろそろと座る。

するとクラウスはむ、と眉を寄せた。

「……この距離は？」

「え、ええと、その、人としての適切な距離というのでしょうか……」

「……」

これ以上近づいたら心臓の音が聞こえてしまう、と落ち着かないミーアだったが、突如ふわりと体が浮かび、思わず『ぶにゃ』と悲鳴を上げそうになった。

いつの間にかクラウスの顔がすぐ傍にあり――ミーアはその時になってようやく、自身がクラウスに抱き上げられていることに気づく。

「ク、クラウス様⁉」

「夫婦としては、こちらの方が一般的な近さではないか？」

「さ、さっきは離れろっておっしゃったのに……」

「そ、それはその、……俺にも心の準備というか、順番というものがあってだな……。それに別に、離れろとは、言っていない……」

口ごもるクラウスを前に、ミーアは思わずきょとんと眼をしばたたかせた。

だがすぐに堪えきれなくなり、ふふと笑みを零す。それを目にしたクラウスも、安堵したようにミーアに微笑みかけた。

（猫の時よりも、お顔が近いですわ……）

ごく至近距離にあるクラウスの美貌に、恥ずかしくなったミーアはつい視線をそらす。しかしクラウスも逃がしはしないとばかりに、ミーアの顔を覗き込んだ。

「ミーア、もう一つだけいいか？」

「な、何でしょうか？」

「そろそろ、結婚式を挙げようと思うんだが」

その単語にミーアは目を見開いた。

「け、結婚式、ですか⁉」

「ああ」

「で、でもあの、わたくしはてっきり、クラウス様はそうした場がお嫌いなのだと……」

「まあ、特段好きなわけではないが。だが他の男どもに、君が俺の妻だと見せびらかすのは悪くない。服喪《ふくも》の期も終わったことだし、そろそろだろうと思ってな」

「そ、それは……」

「俺の仕事の都合がつかず、遅くなってすまなかった」

言葉を失い硬直するミーアを見て、クラウスは「どうした？」と首を傾げた。その直後、瞳を潤ませたミーアがぽろぽろと透明な涙を零す。クラウスはぎょっと目を剥き、わたわたと手を差しのべた。

「ミ、ミーア⁉　す、すまない、嫌だったか⁉　君が望まないなら、無理に式はしなくても――」

「ち、違いますわ！　その、ちょっと、びっくりして……」

「ミーア？」

「わたくし、……本当に、何も、知ろうとしませんでしたのね……」

結婚式のことなど、クラウスはきっと忘れているのだと思っていた。

でも彼はちゃんと覚えていて――ミーアは一人で勝手に、ひどいひどいと可哀そうな自分に浸っていただけだったのだ。

（きちんと、お話しすればよかったのですわ……）

瞬きのたびに、ミーアの目から絶え間なく涙が落ちる。泣き出してしまったミーアに、困惑していたクラウスだったが、そっとミーアの頬に手を伸ばした。

男らしいクラウスの指先にきらきらとした水滴が伝い、そのまま優しく拭い取ってくれる。

「ミーア、大丈夫か？」

「……っ、ご、ごめんなさい、その、嬉しくて……」

「……」

「その、……挙げたいです。結婚式……」

えへへ、と普通の少女のように微笑むミーアを見て、クラウスはゆっくりと目を細めた。頬に添えていた手をミーアの髪へと移動させると、愛おしむように触れる。

その心地よさに、ミーアはうっとりと目を瞑った。

（猫だった時もよくこうして撫でていただきましたけれど……やっぱり人間の時の方が、なんだか幸せですわ……）

猫だった頃を思い出すかのように、ミーアはクラウスの方に頭を傾ける。その甘えるような仕草に、クラウスもまたミーアを抱く手に力を込めた。

やがてどちらともなく視線がぶつかり、クラウスは顎を押し上げると、ミーアの唇に下から吸い付いた。ミーアはたまらずびくんと肩を震わせたが、少しずつ小さな呼吸を繰り返す。

「――……」

長い接吻《せっぷん》の後――名残《なごり》を惜しむようにして、クラウスがようやく顔を離した。ミーアは顔を真っ赤に上気させ、はあ、と溜め込んでいた息を吐きだす。

「式までには、もう少しうまくなってもらわないとな」

「そ、そんな……」

目に見えて狼狽《うろた》えるミーアを見て、クラウスはからかうように笑った。ミーアの体を抱きなおすと、肩口に額を寄せたまま「ああ」と思い出したように呟く。

「そうだ。君にもミーアを紹介しないとな」

「え？　あ、ね、猫のミーアですか？」

「本当に可愛い子なんだ。君もきっと気にいると思う」

（す、すっかり忘れていましたわ……）

猫ミーアの可愛さを本気で語るクラウスを前に、ミーアはぎくりと体を強張らせた。

（どうしましょう……猫のわたくしは、もういませんし……）

自分が猫だったと明かすべきか。

だが今までのあれそれを思い出したミーアはすぐに否定した。お風呂に入れられたことや、ベッドで抱きしめられたことなど、恥ずかしすぎてクラウスには絶対知られたくない。

（で、でも、ミーアの姿がないとわかれば、クラウス様は相当悲しまれるのでは⁉）

クラウスはそれこそ目の中に入れても痛くないほど、猫のミーアを溺愛していた。そのミーアが突然いなくなったとなれば——と気づいたミーアはぞっとする。

「ミーア？」

「な、何でもありませんわ！」

ぶんぶんと首を振るミーアを、クラウスは不思議そうな目で見つめていた。だがすぐに笑いかけると、視線だけで口づけをねだる。ミーアは頭の中をいっぱいいっぱいにしつつも、懸命にそれに応えた。先ほど同様、心臓の音がどくどくと速まっていく。

やがてクラウスの唇がうっすらと開き——かすかな水音と舌先に触れた初めての柔らかさに、ミーアは声なく動揺した。

（ク、クラウス様⁉　あの、こ、こんなの、知りませんわ……⁉）

いよいよ羞恥が限界を超え、ミーアは強く目を瞑る。

その瞬間、ぽん、と何かがはじけるような感覚がミーアの頭上にひらめいた。

（……？）

何となく馴染みのある感触に、ミーアはそろそろと自身の手を頭の上にずらす。すると指先に——ふかふかとした何かが触れた。それが何かを理解した途端、ミーアはがばりとクラウスから顔を離す。

「あっ！」

「……っ！」

何故か――いや、大体理由はわかるのだが――突然のことに、クラウスはやや涙目になって口元を手で覆い隠した。それを見たミーアは「あああっ！」と顔を青くするが、その両手はしっかりと自身の頭を押さえつけたままだ。

「も、申し訳ございませんクラウス様！　し、舌は大丈夫ですか⁉」

「――あ、ああ、問題ない……が、突然どうした？」

「え、ええと、その……」

だがここで答えるわけにもいかず、ミーアはその体勢のまま、そろりとクラウスの膝の上から降りた。そのままじりじりと、クラウスとの距離を空けていく。

「ミーア？　一体何を……」

「ご、ごめんなさい！　ちょっと、用事を思い出しましたの！」

そう叫ぶとミーアは、すばやく執務室を逃げ出した。

そのあまりの勢いに、クラウスは呼び止める暇もなく、半端に浮かせた手を下ろすことしかできなかった。

（どうして、どうしてですの⁉）

長い廊下を走り抜け、自室に転がり込むように戻ってきたミーアは、鏡の前でおそるおそる両手を離した。すると頭に――三角形の猫耳がぴょこんと生えているではないか。

「や、やっぱり――！」

既視感のありすぎるそれを隠そうと、何度も手で押さえてみる。だが今度は頬の辺りから、ぴんと鋭い髭が生えてきた。もちろん人間のそれではなく猫の髭だ。

「ど、どういうことですの⁉」

ミーアの感情をなぞるように、大きく揺れ動く髭に若干の懐かしさを覚えたものの、ミーアはだめだめと髭を押さえ込んだ。するとその両手にはぷにっとした肉球があり――ぽん、という軽い音のあと、ミーアの視線は一気に低くなる。

（も、もしか、して……）

わなわなと口を震わせながら、ミーアは鏡台の前に置かれた椅子によじ登る。ようやくたどり着いた鏡の前には――大きな目につぶれた鼻の、なんとも愛嬌《あいきょう》のある顔立ちの猫が映っていた。

『ぶにゃあああああ！』（い、いやあああああ！）

なんて聞き慣れた鳴き声。

せっかく人間に戻ったはずなのに、とミーアはよろよろと前足を鏡に押し付ける。だが向こう側にいる猫も同じ仕草を返すばかりで、ミーアはいつぞやの絶望感を思い出した。

（もしかして、ちゃんとした方法ではなかったから……⁉）

たしかに魔女の様子からいって、ミーアが人間の体に戻れたのは奇跡だったのだろう。もしくはミーアの魂が、あのぬいぐるみと相当親和してしまったのかもしれない。

（よ、よくわかりませんけども、もう一度、魔女《アイリーン》に聞いてみるしかありませんわ！）

ミーアはふんすと荒ぶると、勇壮に鏡台から下り立った。わずかに開いていた扉の隙間をくぐると、たったかと四つ足で廊下を疾走する。その途中、風を受けて揺れる髭が心地よく、ミーアは少しだけ心を浮き立たせた。

だが正面に現れた人物を見て、きき、と両前足を突っ張る。

「ミーア！　ここにいたのか、探したんだぞ」

（ク、クラウス様ー！）

再びミーア探しにいそしんでいたクラウスに見つかってしまい、ミーアはそのままひょいと抱き上げられた。落ち着く腕の中についとろんと相好を崩しかけるが、違う違うと暴れまわる。

『ぶにゃあ！　にゃああ、うなあああ！』

（クラウス様！　わたくし、今すぐ魔女の元に行かなければなりませんの！）

「わかったわかった。すぐにミーアに紹介してやる。俺の最愛の妻だ」

（だから！　ミーアはわたくしなんですのー！）

うにゃうにゃと激しく身を捩るミーアを抱きあげたまま、クラウスは実に楽しそうに来た廊下を

戻っていった。

幸いほどなくして、人間の体に戻ることはできたのだが――今度はいなくなった人間のミーアを探すクラウスによって、小一時間連れ回された後のことであった。


それは仕事もひと段落し、久しぶりに取れたお休みの日。

早朝のまどろみの中、クラウスは自身の腕の中で眠るミーアに語りかけた。

「ミーア……ミーアは本当に可愛いな……」

白銀の毛に指を絡ませ、クラウスは愛おしむように手を滑らせる。ミーアは幸せな夢でも見ているのか、むにゃむにゃと口元を緩めていた。その愛らしい姿を見て、クラウスはそっとミーアの額に口づける。

「……ずっと君と、こうしていたい」

やがて目を覚ましたのか、ミーアはゆっくりと瞼《まぶた》を持ち上げた。クラウスと目が合った途端、その大きな瞳を真ん丸にして恥ずかしそうに首を傾げている。それを見たクラウスは微笑みながら――その存在を確かめるように、しっかりとミーアを抱き寄せたのだった。

番外編　世界で一番、幸福な場所

かの氷姫《こおりひめ》の呪い騒動から、二ヵ月が経過した。

季節は冬を迎える頃――結婚式を四ヵ月後に控えたミーアは、赤々と火の灯る暖炉の前でくるりと身を翻《ひるがえ》す。

「とっても素敵ですわ！　それに思ったより動きやすいんですのね」

「ありがとうございます。最近の流行《はや》りは、こうしたシンプルな形なんですよ」

ドレスの仕立てを担当している職人の言葉を受け、ミーアは改めて自身の姿を眺めた。

ミーアが纏っているのは、仮縫いの終わったウェディングドレス。上半身は体のラインをしっかりと見せ、スカートの後ろ側にボリュームを持たせるスタイルだ。だが木でできた軽い骨組みが中に入っているため、ペチコートのように重ね穿《ば》きする必要がない。

今はまだ生地だけの状態だが、これに刺繍《ししゅう》やレース、真珠などが飾り付けられることで、唯一無二の美しいドレスが完成する。

（嬉しい……本当に結婚式を挙げられるんですのね……）

湧き立つ喜びを抑えきれず、ミーアはレナが支える大きな姿見を前に、もう一度嬉しそうに回転する。すると鏡に映っていた背後の扉が開き、部屋を訪れたクラウスと目が合った。

「ク、クラウス様⁉　どうしてこちらに？」

「少し時間ができてな」

そう口にしながらも、クラウスはドレス姿のミーアから目が離せないようだった。わかりやすいその態度にミーアは思わず顔を赤らめる。やがてクラウスは職人のもとに向かうと、あれこれと確認をしはじめた。

「完成図は？　ふむ……ここの宝石はもう一つ大きなものに変えさせろ」

「ク、クラウス様⁉」

「ティアラと髪飾りはどうした？　三通り作らせていたはずだが」

クラウスの鋭い問いかけに、脇で待機していた銀細工職人が「は、はい！」と血相を変える様子を見て、ミーアは思わず苦笑した。


あの事件以来、クラウスとミーアはとても仲睦《なかむつ》まじい夫婦に生まれ変わった。

ミーアはあれだけ開催していたお茶会の数を激減させ、避けていた勉強やダンスを真面目に履修するようになった。クラウスもまた先代に負けないほどの統治の手腕を見せはじめ、少しずつ領民たちからも認められるようになったそうだ。

そうして仕事が落ち着き、ようやく結婚式の日取りが決まると——クラウスはミーアが想像していた以上に、積極的に準備に取り組み始めた。クラウスの執務に差し支えないよう、できる手配は自分でしようと考えていたミーアにとって、驚くやら嬉しいやらである。

(てっきりまた『好きにしろ』と言われるかと思っていましたのに……)

もちろんミーアの希望は最優先にしてくれる。だが一緒になって色々と考えてくれる姿勢に、クラウスもこの式を大切にしてくれているという思いがひしひしと感じられた。

思わず胸が温かくなるミーアだったが、なおも職人に詰め寄るクラウスを見て、さすがにあの、と首を傾《かし》げる。

「クラウス様、そんなに急がせなくても大丈夫ですわ」

「しかし、君に一番似合うものを選ばなくては」

「それより、ドレスの感想を聞かせてくださいませ」

そこでようやく、クラウスはう、と言葉を呑み込んだ。奥にいた職人がほっと胸を撫で下ろすのを見て、ミーアもまたこっそりと安堵する。

「……その、……」

「その?」

「……悪くない」

「それだけですの?」

じっと見上げるミーアの視線を受け、クラウスは一度口を閉ざした。

だが眉間に深い皺《しわ》を寄せたあと、わずかに頬を染めながらぽそりと零す。

「……綺麗だ」

「！」

「――扉を開けた途端、妖精が現れたのかと思った。近づいてみても眩《まばゆ》いばかりの可憐さが増すばかりで、夢を見ているのではないかと何度か瞬いたがやはり幻ではなく」

「も、もう十分ですわ！」

「む。そうか？」

レナや職人たちの慈《いつく》しむような視線を感じたミーアは、真っ赤になってクラウスを制した。

以前のクラウスであれば、きらきらしい褒め言葉など軽薄だと一刀両断されていただろう。だが一度ミーアを失いかけ、もっと気持ちを伝えておけば良かったという後悔があるせいか、最近ではあらんかぎりの賛辞を送ってくれるようになった。

ただそれが少々――いやだいぶ詩的なものだから、時にはミーアの方が白旗を上げてしまう。

（き、気持ちを伝えていただけるのは嬉しいですけども、その……）

迷いのない真っ直ぐなクラウスの瞳を前に、ミーアの鼓動はいやおうなしに早まった。

その瞬間、わずかな違和感を覚えたミーアははっと目を見開くと、じりじりとクラウスと距離を取る。突然の行動にいぶかしむ彼や職人たちに向けて、ミーアはぎこちなく微笑んだ。

「ちょ、ちょっと、疲れたので、部屋で休みたいのですけれど……」

「それは大変だ。つらそうなら今すぐ医者を――」

「す、少し休めば大丈夫です！　ド、ドレスはのちほどお返しいたしますわ！」

そう言うや否や、ミーアは逃げるように部屋をあとにした。せっかくのウェディングドレスを汚さないよう楚々《そそ》と、だが迅速に自室へと駆け戻ると、後ろ手でバタンと扉を閉める。

やがてすとん、とウェディングドレスが床に落下した。

『ぶ、ぶなぁぁ……』（あ、危なかったですわ……）

輪を描く純白の中心にいたのは、丸っこい体に短い手足をした一匹の猫。

猫――ミーアはドレスを踏まないよう懸命に前足を伸ばすと、ぽてぽてと布地から抜け出した。

（やっぱりまだ、治っていないのですわ……）

魔女の呪いによって、一時的に猫として生きていたミーア。

クラウスの強い思いによって、無事人間の体に戻れたのだが……どうしたことか、いまだに時々猫の姿に変身してしまうのだ。それもどうやら心拍数が上がる――クラウスの言葉にドキドキすることがトリガーとなっているらしく、ミーア自身もいまだにコントロールできない。

（万が一、結婚式の最中に猫になってしまったら……）

混沌の渦に巻き込まれる参列席を想像し、ミーアは長い髭《ひげ》をしょぼんと垂れさせた。何より新郎であるクラウスの心境を考えると、絶対にそんな醜態《しゅうたい》は晒《さら》せない。

（それに最近、猫のミーアがいないとよく落ち込んでおられますし……）

人間のミーア＝猫のミーアなので、どちらか一方がいる時、当然もう片方の姿はない。

最初のうちは「そういえば外で見ましたわ」や「お出かけしているのでは？」とごまかしつつ、猫の姿になってクラウスを安心させる——という行為を繰り返していたのだが、さすがにそろそろ限界だ。

（やっぱり、早く何とかしませんと！）

ミーアは勇ましくふんすと息を吐き出すと、鏡台を伝い、机の上にある金属製の籠《かご》へといそいそと乗り込んだ。


「……ごめんなさい。もう少しだけ時間をちょうだい」

王都からかなり離れた森の奥。魔女・アイリーンの家でミーアはがくりと肩を落とした。

ようやく人間の姿に戻れたので、今は彼女の服を貸してもらっている。

「やっぱり、まだわかりませんのね……」

以前アイリーンによってかけられた術は、きちんと解けたはずだった。だがこの原因不明の事態を訴えたところ、アイリーンは究明を約束してくれたのだ。

ラディアスの嘘による勘違いとはいえ、自身が手を下したことがきっかけとなっている手前、アイリーンも強く責任を感じていたのだろう。なにやらツンツンとした物言いをしつつも、結局は快《こころよ》く引き受けてくれた。

ちなみにここまで来るのに使用したのは、以前ミーアが捕らえられていた籠である。アイリーンによる風の魔法が施されており、ミーアが望めばいつでもこの家まで運んでもらうことができる。ただし大きさ的に猫の姿限定ではあるが。

「色々と文献を漁《あさ》っているんだけど、こうした事例が見当たらなくて……そもそも『眠りの魔法』自体、研究に疲れた魔女が無理やり体を休めるために作った、すごく単純な魔法なのよ」

「そうなんですの？」

「魂と体の結び付きは強いから、そう簡単に途切れることはないしね。ただそれを悪用した魔女が脅迫とかに使い始めたせいで、世間一般にはものすごく危険な魔法として認知されちゃったけど……私たちからすれば、安眠用くらいの感覚というか……」

（わたくしは十分怖かったですけども……）

どうやら普通の人と魔女の感覚には、だいぶ乖離《かいり》があるらしい。だが早く治してもらわないと結婚式に困る、と嘆くミーアに向けて、アイリーンはうーんと腕を組んだ。

「わかってる。とりあえず今度、知り合いの魔女にも話を聞いてみるわ」

「お願いしますわ！　何としてでも式までには……」

そこでミーアはふと、アイリーンの指に輝く指輪に気がついた。

「そういえば、ラディアス様との挙式は無事に終わりましたのね」

「えっ⁉　あ、そ、そうね」

「残念ですわ。呼んでくだされば、クラウス様と一緒に参列しましたのに」

「いや、怖すぎるでしょ……あなたの旦那……」

かつてミーアがさらわれたと勘違いしたクラウスが、家に怒鳴り込んできた場面を思い出したのか、アイリーンは一人肩を抱いて身震いした。

事件が起きる原因となった、ラディアスとアイリーンのすれ違い。

結果として二人は互いの思いを再認識し、やり直すことを決めた。クラウスもしばらくは、ラディアスに対しひどく憤慨していたが、今では以前のような気の置けない関係に戻っているようだ。

もちろんここまで修復するのに、クラウスが三時間ほど説教したり、アイリーンが三時間ほど説教したり、ミーアが「とりあえずお茶にしませんか」と休憩を挟んで、再開して二時間追加したりという紆余曲折《うよきょくせつ》の末である。

その上でラディアスの本気の謝罪と、アイリーンを一生大切にするという姿勢を見て、二人もようやく許す気になったのだ。

「そうでしょうか？　わたくしはその、……とても格好いいと思いますけども」

「見てくれの話じゃないんだけど……。まあどのみち、誰も招待していないから、来てもつまらなかったわよ」

その後、ラディアスとアイリーンは無事結婚した。

最初は『魔女』という奇異な存在と添い遂げることに、ラディアスの家族や親族から猛烈な反対を受けるのではないか、とアイリーンは危惧していたそうだ。だが縁談を白紙に戻した時点で、両親も兄も『本当に好きな人と一緒にいなさい』と背中を押してくれたらしい。

ラディアスは深く感謝し、アイリーンとともに暮らすようになったのだが――彼はこの時、家と一つの約束をしてきたという。

それは――家からの支援を受けないこと。

貴族としての責務を一度放棄した人間が、その利益だけこうむるわけにはいかない、とラディアスの方から提案したらしい。もちろん万一の時には駆け付けるが、それまでは家の力を借りず、自身の力だけで暮らしていきたいと告げたそうだ。

もちろんその話を聞いた時、アイリーンはいたく心配したらしい。

だがラディアスは、王都に住む侯爵令息の家庭教師《チューター》という仕事をさくっと貰ってきては、あっという間に熟練教師のような貫録で仕事に励み始めた。……確かにあの人たらしで有名なラディアスなら、そのくらい軽くこなしてしまうに違いない。

やがて二人は、街はずれの教会でひっそりと式を挙げた。

親戚も友人もいない、静かなものだったという。

「私に身寄りがないと知ったら、彼が気を遣って『二人だけでいい』と言ってくれて……」

「そうなんですのね……。ラディアス様のご両親には挨拶《あいさつ》に行かれましたの？」

「それがその……あまり、行きたがらないの。……多分、私のことを心配しているみたいで」

「まあ……」

たしかに貴族ではないアイリーンが邸に赴《おもむ》けば、心無い視線を向けられる可能性がある。もちろんラディアスの両親がそんな人であるとは思えないが、どこかで人目に触れれば、身分違いの結婚だと騒がれる可能性はあるだろう。

返答に窮するミーアを見て、アイリーンはわずかに俯いた。

「わかるわ。……私も、本当にこれで良かったのかって思ったもの。私を選ばなければ、彼は貴族のままでいられたんじゃないかって」

「アイリーン……」

「もちろん彼にも言ったわ。でも……『君と一緒にいることが、ぼくの一番の幸せだから』って。……本当にひどいと思うけど、私……少しだけ、嬉しいと思ってしまったのよ」

『魔女』と呼ばれ、人目を避けるようにして暮らしてきたアイリーン。

そんな彼女に恋をし、ラディアスはその全てを捧げた。

それはきっと、彼の持つ愛の大きさに他ならない。

「ひどくなんてありませんわ。愛されているって幸せですけれども……時々、不安を覚えることもありますから」

「そうね。……まさか自分が、こんな気持ちになるなんて思っていなかったわ」

そう言って微笑むアイリーンは綺麗で、ミーアは女性ながら少しだけどきどきしてしまった。これが既婚者の余裕というものだろうか。ミーアも書類上は結婚しているのだが。

「でも、やっぱりこのままじゃだめだと思うのよね。……私のせいで、彼がこのまま家族に会えないなんて嫌だし……でも、何かきっかけがないと……」

「そうですわね……でもどうしたら……」

うーん、と二人は揃って首を傾げた。

だがすぐさま解決法が思いつくわけでもなく、はあと示し合わせたようにため息をつく。

「悩んでも仕方ないわね。彼の――ラディアスの気持ちもあることだし、もう少し時間をかけて考えることにするわ」

「わたくしも、できることがあればなんでも協力いたしますわ！」

「……うん。ありがと」

窓から差し込む陽が傾いたのを知り、そろそろ帰る？　とアイリーンは立ち上がった。来る時は魔法の籠でひとっ飛びだが、人間体になったあとではそうはいかず、帰りはいつもアイリーンに送ってもらっている。

お願いしますと言いかけたミーアだったが、はたと大切なことを思い出した。

「そういえば、そろそろ猫としての正体がクラウス様にばれてしまいそうですの！　どうにかしてごまかす方法はないでしょうか？」

するとアイリーンは何かを思い出したように、はたと目を見開いた。

「そう！　それに関して、一つ手を考えてみたの」

「え？」

きょとんとするミーアをよそに、アイリーンは慌ただしく立ち上がると、別室へと移動した。すぐに戻ってきたかと思うと――その腕に大きな猫を抱えている。

「こ、この子は？」

「よく似てるでしょ？　街に捨てられていたのよ」

（た、確かに……！）

アイリーンの言葉通り、その子は猫のミーアと瓜二《うりふた》つだった。

でっぷりとしたフォルム。アイリーンの腕に、ちょこんと引っかかっている短い手足。ふかふかした銀色の毛並みに終始困ったような顔つき。驚きに目を見開くミーアに向けて、猫は『ふなぁ』と柔らかく鳴いた。

「公爵様を騙すような形になるのは申し訳ないけれど、あなたもいつまでも二重生活を続けるわけにはいかないでしょうし」

「そ、そうですわよね……」

「もちろん、可能な限り早く治す方法を探すわ。……こんなことしかできなくて、本当にごめんなさい」

「アイリーン……」

確かにミーアに魔法をかけたのはアイリーンだが、彼女にも彼女なりの理由があった。だからこそこうして、懸命に助ける方法を探そうとしてくれている。

ミーアはこくりと息を呑むと、そっとアイリーンの抱える猫を譲り受けた。

「ありがとうございます。……ごめんなさいね。ちょっとだけ、あなたの力を貸してくれる？」

『ふなぁ――お』

丸々とした代理猫は、ミーアの言葉を心得たとばかりに、実に嬉しそうに髭を揺らした。

そうして新たな『ミーア』を連れて帰ったのだが――クラウスはなかなかの強敵であった。

「……」

「クラウス様、どうかなさいました？」

ある日の就寝前。主寝室のソファで猫のミーアを可愛がっていたクラウスは、手触りを確かめるように何度か撫でたあと、そうっと両手で抱き上げた。

「いや……しかし……そんなことあるはずないんだが……」

「はい？」

「――ミーアじゃない気がする」

鏡台の前で薔薇水を手に取っていたミーアは、思わずガラス瓶を落としそうになった。自身の身《み》支度《じたく》もそこそこに、大慌てでクラウスのもとへと向かう。

「ど、どうして、そのようなことを⁉」

「なんというか……いや、こいつも十分可愛いんだが、ミーアはこれ以上に愛くるしかったというか……毛並みだってもっと君の髪のように柔らかかったし、瞳の色も君によく似た透き通るような緑色だった。髭だっていつも凛々しくぴんとしていたし、口元ももっとふっくらしていたような気がする」

「わ、わたくしには、お、同じに見えますけれど……」

「しかし以前のミーアは俺が抱き上げた時、少し困ったように緊張していたのに、こいつは随分と安心しきっている気がする。それに抱いた時の感じがちょっと違うというか……」

「ど、どう違いますの？」

「……ミーアは眠たくなると俺の胸にしっかりと体を委《ゆだ》ねてくれて、その感触というか温かさが、こう……たまらなく可愛くて愛おしいというか……」

（うう、猫の話のはずなのに……どうしてこんなに恥ずかしいのでしょう……）

正直ミーア当人でさえ、今クラウスの腕で丸まっている猫と、猫化した自身との見た目の違いがまったくわからない。耳の先から尻尾《しっぽ》の先までそっくりに見えるのだが……どうやら、クラウスだけにわかる微細な差異があるようだ。

(ど、どうしましょう……やはり本当のことを打ち明けるべきでしょうか……)

だが突然そんなことを告白して、はたして信じてもらえるだろうか。勇気を出して伝えたところで、荒唐無稽《こうとうむけい》だと一蹴《いっしゅう》されたら——とミーアは胸の前で手を握りしめる。

(クラウス様に、余計な心配をおかけしたくないから黙っていようと思っていましたけど……やっぱり嘘をついているのは、とても心苦しいですわ……)

ミーアが猫になっていた間、クラウスは自身が抱えていた気持ちをすべて隠さず打ち明けてくれた。そのおかげでミーアは、クラウスが本当に自分を心から愛してくれていたこと、大切に思ってくれていたことを知ったのだ。

それなのに自分は……とミーアの心臓がちくりと痛む。

(ゆ、勇気を出すのです！　あの呪いに絶望していた時だって、元の姿に戻れたらクラウス様にちゃんと素直な気持ちを伝えると、誓っていたではありませんか！)

ミーアは心の中でよしと気合を入れると、ソファに座るクラウスの前に立った。

どうした？　と見上げてくる彼の視線を受けながら、恐る恐る口を開く。

「ク、クラウス様、あの、ですね……」

「ミーア？」

「その、実は……」

だがいよいよという時になって、クラウスに抱かれてすよすよと眠る猫の姿が、ミーアの視界に入った。その瞬間ミーアは、猫だった頃にやらかしたあれそれを一気に思い出してしまう。

（ま、待ってくださいませ⁉　わたくし、猫の時にかなりその、色々と……）

膝抱っこのままご飯を食べさせられたことや、毎晩一緒のベッドで眠っていたこと。さらにインク瓶をひっくり返して白黒猫になったことや――その後に起きた浴室での一件を思い出し、ミーアは一気に耳まで熱くなった。

突然の妻の変貌に、クラウスの方がぎょっと目を剥く。

「ミ、ミーア⁉　大丈夫か？　熱でもあるのか？」

「い、いえ！　その、な、何でもありませんわ！」

「そ、そうか？　しかしそれにしては顔が赤いような……」

「き、気のせいです‼　そ、そろそろ、お休みになりませんか？」

あ、ああ、と不思議がるクラウスの背中をベッドに向かって押しながら、ミーアは『言うタイミングを失ってしまいましたわ……』とひとり心の中で涙を流した。

その後もミーアは、クラウスに真実を打ち明けようと奮闘した。

だがそもそも仕事が忙しくて時間が取れなかったり、傍《かたわ》らに執事や使用人の姿があって話すことができなかったりと、ことごとく好機を潰されていく。


一方、挙式までの日取りは着実に近づいてきており、残り一ヵ月に迫っていた。

ウェディングドレスも完成まで大詰め。身に着ける装飾品の数々も、すでに邸の宝物庫に運び込まれている。招待状の手配や返信も滞《とどこお》りなく、あとは当日を待つばかりだ。

（いよいよ式の準備も整ってきましたのに……は、早くお伝えしないと……）

しかしここ数日前から、クラウスは領地内の長期視察に出ており、ミーアはそわそわと帰宅を待つことしかできなかった。今日ようやく邸に戻ってきたと聞きつけ、ミーアは主寝室に続く長い廊下を歩きながら覚悟を決める。

（今日こそ、きちんとお話ししましょう！）

だがミーアが力強く扉を開けた先に、クラウスの姿はなかった。

不思議に思ってベッドに近づくと、珍しいことにクラウスがひとり先に横になっている。ミーアが緊張しながら近づくと、気配を感じたのかゆっくりと上体を起こした。けだるげに前髪をかき上げたかと思うと、さらさらとしたその隙間から赤い瞳が覗く。

「……すまない……君が来るのを待つつもりだったんだが、少し寝てしまっていたようだ……」

「ぜ、全然大丈夫ですわ！」

珍しくぼんやりとした目つきのクラウスに、ミーアは驚きつつも急いで隣に横たわった。クラウスの手によってすぐに上掛けがかけられ、そのまま腕の中に抱き寄せられる。猫だった頃も心地よかったが、人間の体で包まれるのはまた違った幸福感に溢れていた。

ミーアはうっとりと瞼《まぶた》を閉じかけたが、すぐにはっと目を見開く。

（い、いけませんわ、今日こそちゃんと言わなければ！）

思わず猫に戻りそうな意識をぐいと引き寄せ、ミーアは何度も練習してきた言葉を口にした。

「ク、クラウス様、お話ししたいことがありますの！」

「話？　何かあったのか……？」

「それが、その……」

穏やかなクラウスの言葉を受けて、ミーアは大きく息を吸い込む。

「実は、……ね、猫のミーアは、わたくしなんです……！」

「……」

ようやく言えた、とミーアは心の中で自身に拍手喝采した。

だがどうしたことか、当のクラウスから何の返事も聞こえてこない。もしかして信じていただけなかった⁉　とミーアは恐る恐るベッドの中からクラウスを見上げた。

するとクラウスは長い睫毛《まつげ》を伏せたまま、ぴくりとも動かないではないか。

「もしかして……寝て、いらっしゃる……？」

ミーアを腕に抱いたまま、クラウスは静かな寝息を立てていた。試しに胸元を指先でつついてみたが、一向に起きる気配はない。

（そういえば先ほども、随分眠そうでいらしたわ……）

ただでさえ忙しい公爵としての職務に加え、結婚式の準備も並行してこなしている。今回の視察も日程的にかなりの強行軍だったと聞いており、ミーアはたまらず顔を伏せた。

おまけにそれが『少しでも早くミーアのもとに帰りたいから』という理由の行程だった、とレナから聞かされた時は、嬉しいと心配が心の中でせめぎ合ったものだ。

（きっと、すごくお疲れでしたのね……）

ミーアは少しだけ体を起こすと、クラウスの横顔をじいっと見つめた。起きている時は眉間に皺を寄せ、いつも怒っているような険しい顔つきも、眠っている今だけは穏やかだ。

頬に影を落とす濃い睫毛や、形のよい鼻梁《びりょう》をしげしげと眺めたあと、ミーアはそうっとクラウスの髪を撫でてみる。見た目以上に心地よいその感触に、ミーアは思わず顔をほころばせた。まるで人に懐かない、プライドの高い黒豹を愛《め》でているような気持ちになる。

「おやすみなさい、クラウス様……」

わずかに身を屈め、彼のこめかみに小さく口づけを落とす。

一世一代の告白は、残念ながら失敗に終わってしまったが――ミーアは気持ちよさそうに眠るクラウスを前に、慈しむように微笑んだ。


翌朝。ベッドの中でうずくまっていたミーアは、ゆっくりと瞼を持ち上げた。

半覚醒の状態でのろのろと顔を上げる。するとすぐ真上に、からかうように目を細めるクラウスの顔があった。寝ている間は可愛らしい猫科だったが、目覚めると一気に獰猛《どうもう》な肉食獣に様変わりする。

「おはよう、ミーア」

「お、おはよう、ございます……」

「昨日はすまなかった。何か、俺に言いたいことがあったんじゃないのか？」

「そ、それでしたら、その」

「仕事も少し落ち着いた。今日は好きなだけ一緒にいられる――」

クラウスはそう呟くと、ベッドに広がっていたミーアの髪を手に取り、優しく口づけた。そのまますると頬に手が伸びてきて、ミーアはくいと上向かされる。

久しぶりに触れられた喜びと緊張で、ミーアの心臓は一気に走り出した。

（め、目覚めてすぐにこれは……心の準備が……！）

そんなミーアの動揺をよそに、クラウスの唇はどんどん迫ってくる。

ミーアはぎゅっと目を瞑り、その愛情を受け止めようとした——がその瞬間、覚えのある感覚にびくりと肩を震わせる。

（こ、これは、もしかして……！）

だが逃げる余地はなく、クラウスの影は近づくばかり。

ミーアの鼓動は収まることを知らず、そして——ぽん、と間抜けな音を立てて、ミーアの頭頂部から猫耳が生えた。

「……」

「……」

クラウスはぴたりと動きを止めたかと思うと、食べ方のわからない料理を前にしたときのような面持ちで、何度も目をしばたたかせている。

ミーアもまた言葉を失っていたが、やがてぽぽん、と軽い音を立てながら、一拍遅れていつもの猫の体へと変身した。

『ぶ、ぶな、ぶなあ——⁉』

（い、いやあああ！　い、いったい、どうしたらいいんですの⁉）

パニックになったミーアは、とりあえず猫のふりをしてごまかせないかと、小首を傾げぱちぱちと可愛らしく瞬きしてみた。幸いもう一匹のミーアはどこかに出かけているようだし、夢でも見たと勘違いしてもらえるかもしれない。

だがそんな期待も虚しく、ベッドで硬直する一人と一匹のすぐ脇を、身代わりミーアが『ふなぁ～』とのんきに鳴きながらとことこと通り過ぎた。その光景を、クラウスとミーアはしばらく揃って見つめていたが、やがてクラウスだけがぎゅんと視線をこちらに戻す。

「ミーア？　これは、いったい……」

『ぶ、ぶなああ……』（あああああ……！）

絶体絶命の危機に追い込まれたミーアをよそに、もう一匹のミーアは優雅に伸びをしていた。

およそ一時間後。ようやく人間の姿に戻ったミーアは、執務室にあるソファに座っていた。向かいで腕を組んでいるのは部屋の主であるクラウスだ。

「つまり、ミーアは君だったと」

「……申し訳ございません……」

魔女の呪いを受けた時、猫になってしまったこと。人間の体に戻ってからも、時折猫化してしまうことなどを、ミーアはすべて正直に打ち明けた。完全に事態を呑み込めてはいないのか、クラウスは険しい表情で口をつぐんでいる。

（ついに、ばれてしまいましたわ……）

ちゃんと言おう言おうと思っていたのに、結局こんな形で明らかになってしまった。

弁明もないとばかりに俯くミーアを前に、クラウスはいまなお長い沈黙を続けている。そのなんとも言い難い重苦しい雰囲気の中、ミーアはおそるおそる声を絞り出した。

「騙すようなことをして、本当に申し訳ございませんでした……。クラウス様を驚かせてしまうと思って、どうしても、言い出せませんでしたの……」

「……」

「本当に、ごめんなさい……」

軽蔑されるかもしれない、とミーアはぎゅっと下唇を噛んだ。だが覚悟していたような非難はなく、クラウスははあとため息をついたあと、がしがしと頭をかく。

「謝る必要はない。たしかに……人が猫になるなど、にわかには信じられないだろうからな」

「は、はい……」

「だが……俺の目の前で、君は間違いなくミーアに――猫の姿になった。それは疑いようのない事実だ」

やがてクラウスは、ゆっくりと顔を上げた。

「――すまなかった」

「……え？」

「しゃべることもできないあの体では、大変なこともたくさんあっただろう。俺がもっと早くに気づいていれば、君をそんなつらい目には遭わせなかったのに……」

「クラウス様……」

「思えば、君がいなくなってすぐにミーアが現れたんだ。少し考えればわかっただろうに……俺はなんて不甲斐《ふがい》ないんだ……」

思いもよらないクラウスの言葉に、ミーアはしばしぽかんと口を開いた。だがすぐにぶんぶんと首を振る。

「違いますわ！　クラウス様は、猫のわたくしにとても優しくしてくださいました！　だからわたくし、猫の姿でもすっごく幸せでしたのよ」

「ミーア……」

「暖かいお部屋に入れていただけたことも、美味《おい》しいご飯をいただけたことも、どれもどれも、本当に、涙が出るほど嬉しかったんですの。ですからクラウス様が申し訳なく思うことなんて、何一つないのですわ……」

言葉にした途端、ミーアはついに涙を零《こぼ》してしまった。

猫になったあの日、ぼろぼろになりながら逃げまどったこと。寒い雨の中、レナがくれた毛布だけを頼りに夜を明かしたこと。そしてクラウスに拾われ、彼の優しさと愛情をあますところなく与えられた思い出が甦《よみがえ》ってきて、次から次へと溢れ出てしまう。

（いけませんわ……わたくしとしたことが、クラウス様の前で……）

自分でも制御の利《き》かない感情に驚きつつ、ミーアは慌てて指先で眦《まなじり》を拭おうとした。だがいつの間にか目の前に来ていたクラウスによって、その手首を摑まれる。

「ミーア」

「ご、ごめんなさい、わたくし……」

するとクラウスは、ミーアの体をしっかりと抱き寄せた。涙で襟を濡らしてしまう、とミーアはたまらず離れようとしたが、クラウスの力強い腕は緩まりそうもない。

やがてゆっくりとミーアの背中を撫でながら、クラウスは静かに口を開いた。

「ずっと一人で耐えていたんだな」

「……」

「もう大丈夫だ。君がどんな姿になっても、俺が全部守るから」

「クラウス様ぁ……」

その言葉にミーアの涙腺はいよいよ決壊する。いままで溜め込んでいた苦しみをすべて吐き出すかのように、ミーアはしばらくクラウスの腕の中で泣き続けた。

どのくらいそうしていただろうか。

悲しみをすべて涙に溶かし出したミーアは、すんと鼻を鳴らしてようやく顔を上げた。

「も、もう、大丈夫です……」

「本当に？」

「は、はい……」

か細いミーアの返事を聞き、クラウスもようやく少しだけ体を離した。泣き腫《は》らしたミーアの目を見つめながら、なおも丁寧に頭を撫でてくれる。しっかりとした腕に抱かれたまま、ミーアはふふ、と笑みを零した。

「なんだか、懐かしいですわ」

「懐かしい？」

「わたくしが猫になったばかりの時も……クラウス様がこうして、抱き上げてくださったのです」

雨と泥にまみれぼろぼろになっていたミーアを、クラウスは服が汚れることもいとわず抱きしめてくれた。あの時のたまらない安心感を思い出し、ミーアは嬉しそうに目を細める。

するとクラウスも気づいたのか、懐かしむように微笑んだ。

「そういえばそうだったな」

「あれからクラウス様は、わたくしのことをずっと大切にしてくださって……お仕事の時も、お食事の時も、いつも一緒にいてくださったのですわ」

「もちろん覚えている。俺だって、猫の君にいつも励まされて――」

だがそこで言葉が途切れた。

がば、と突然体を引き剥がしたかと思うと、クラウスが慌ただしく立ち上がる。

（ク、クラウス様？）

驚き目を見開くミーアをよそに、何故か顔を赤くしたクラウスが力強く告げた。

「と、とにかく！　一刻も早く、元に戻る方法を考えよう」

「は、はい……！」

突然勢いづいたクラウスに面食らいながらも、ミーアはしっかりと両手を握りしめた。


だがその日から、クラウスの様子が明らかにおかしくなった。

仕事で忙しいのはいつものことだが、ミーアが少し休憩しませんかとお茶を運んでも、まだ大丈夫だからと早々に断られてしまう。話しかけようとしても、一瞬で真っ赤になったあと「少し用事がある」と逃げられてしまうのだ。

（い、一体どうしてですのー⁉）

やはり、猫になってしまうことを打ち明けたのが原因だろうか。

だがあの時クラウスは、ミーアの傷心をしっかりと受け止めてくれたはず。それなのにどうして……とミーアはないはずの髭をしょんぼりと垂らした。

どうにかして話す機会を得たい！　とその後も隙を見て接近するのだが、クラウスは不自然に目をそらしてミーアの方を見ようとしなかったり、以前の話題を切り出そうとすると「し、式の準備は順調か？」と無理やり回避しようとしたり。

いよいよ手がないと焦ったミーアはついに「よ、良かったら、わたくし、猫になりましょうか⁉」とまで言ってしまった。我ながらどうかしていたと思う。

だがそれを聞いたクラウスは、しばらくぽかんと目を見開いたのち、すぐさま口元を隠すように片手で覆った。耳まで紅潮した状態で瞑目《めいもく》し、しばらく押し黙っていたが――「……いや、いい。記憶を消したい……」と意味不明なことを呟いていた。

そうして一週間が過ぎ――十日を過ぎたあたりで、ミーアの方がついに限界を迎えた。

夕食を終え、執務室に戻ろうとするクラウスを廊下で呼び止める。

「クラウス様！　少しよろしいでしょうか」

「な、なんだ？」

「どうして最近、私を避けておられるのですか？」

直球なミーアの質問に、クラウスはう、と口を引き結んだ。かなりの身長差をものともせず、真正面から見上げてくるミーアから逃げるように、明後日の方角に目を泳がせている。

「避、けてなど、いない」

「嘘です！　今だって、目も合わせようとしないではありませんか！」

「そ、それは……」

ミーアの追及を否定しようと、クラウスはようやく下を向いた。

だがミーアと目が合った途端、一瞬で頬に朱が走る。再び目を瞑ってしまったクラウスに、ミーアはむうと眉を寄せた。

（クラウス様、いったいどうされたのでしょう……もしや、わたくしに言えないことが⁉）

猫の時はあんなに何でも話してくださったのに、とミーアは急激な不安に襲われる。

これ以上聞いたら、嫌われてしまうのでは……と続く言葉を呑み込もうとした——が、すぐに自身を奮《ふる》い立たせる。

（——いいえ！　ここでわたくしの気持ちを伝えなければ、また以前と同じになってしまいますわ！）

かつてのミーアは、クラウスの動向ばかりを気にして、自分の本心を伝えようともしなかった。そのせいで二人はすれ違い、寂しい新婚生活を一年も続ける羽目になったのだ。もう二度と、同じ過ちを繰り返したくない。

「やっぱり……猫になるわたくしは、お嫌でしたか？」

「ち、違う！　そんなことは断じてない！」

「でしたら、他にどんな理由があるというのです！」

「それは……」

曇りなき眼で直視してくるミーアを前に、クラウスは再び返答に窮した。心なしか額には汗が浮かんでおり、目じりや耳が先ほどより赤くなっている。

やがて絞り出すような声が、彼の口から零れ落ちた。

「その……」

「その？」

「猫の、……君に……」

「猫のわたくしに？」

「――っ、やはり無理だ！」

そう言い残すとクラウスは驚くべき速度で踵《きびす》を返すと、あっという間にミーアの前から姿を消した。ミーアはその光景をあっけにとられたまま見送っていたが、やがて存在しないはずの尻尾《しっぽ》をふっさふっさと揺らしはじめる。

（どうしても、教えてくださらないつもりですのね……）

二人の挙式まで、残された日はあと少し。

あの事件をきっかけに、ようやく気持ちが通じ合ったと思ったのに——こんなぎくしゃくとした心境のまま、大切な日を迎えたくはない。

（かくなる上は……！）


その日の夜、主寝室に続く廊下をミーアは勇ましく歩いていく。目的の部屋に到着したかと思うと、勢いよく扉を開け放った。その衝撃に、ソファに座っていたクラウスがぎょっと飛び上がる。

「ミ、ミーア⁉」

「……」

思わず立ち上がったクラウスに向かって、ミーアはずんずんと距離を詰めた。その途中興奮のためか、頭からぽんと猫耳が生える。だがミーアはかまうことなく足を進め、クラウスはその迫力に思わず一歩あとずさった。

次の瞬間ミーアの体は消え、代わりに丸々とした猫が現れる。

ミーアはさらに助走をつけると、その短い後ろ足でだむんと絨毯《じゅうたん》を蹴り上げた。白銀の弾丸と化したミーアは、そのまま大きく叫びながらクラウスのお腹めがけて突っ込む。

『ぶるにゃあああああ！』

「——ぐはっ⁉」

あまりの衝撃に、クラウスは防御をとる暇もなくソファの上に倒れ込んだ。ミーアはクラウスの体に乗っかったまま、何度も何度も肉球のついた前足で彼の胸を叩く。

『うるにゃ‼　うにゃ！　ぶにゃああ！』

「ミ、ミーア！　わかったから、少し落ち着け！」

『ぶにゃ——う‼　ぶなぅ‼　うなう！』

「ミーア、いったいどうし……」

『ぶなぅ……うー……』

エメラルド色の瞳から大きな雫《しずく》がぼろぼろと零れるのを見て、取り乱していたクラウスはすぐに口を閉じた。横になったまま天井を仰ぎ、両手で顔を覆ったかと思うと、はあーと大きく嘆息を漏らす。

ミーアも少し落ち着いたのか、ぐいぐいとクラウスの胸に顔を押し付けた。やがて上体を起こしたクラウスが、そっとミーアを抱きかかえる。

「……ごめん。謝るのは俺の方だったな……」

『ぅなう！　……ぶな……』

「うん……わかってる。もうしないから……」

やがて人間の姿に戻ったミーアの隣で、クラウスがようやく真相を打ち明けた。

「恥ずかしかった……から？」

「その、あの時の俺は本当に心身ともに弱っていて、君に……猫の君に色々と、情けない話をしたのを、思い出してしまったんだ……」

（そういえば……）

猫の姿になったミーアは、礼拝堂で毎日のように泣くクラウスを見ている。

それにミーアが主催するお茶会を気にしつつも、顔を出すことができなかった話や、彼女にふさわしい男になろうと努力するあまり、逆に傷つけてしまった話なども聞かされた。

ミーアからすればそれらはすべて、クラウスがきちんと愛してくれていたという喜びの記憶でしかなかったのだが、当のクラウスにとっては穴があったら入りたいほど、恥ずかしい告白だったのだろう。

「情けなくなんてありませんわ。……わたくし、とっても嬉しかったんです」

「ミーア……」

「クラウス様が、わたくしを大切に思ってくださったこと。ずっと昔の思い出を、覚えていてくださったこと。猫になったおかげで、わたくしはクラウス様の本当の気持ちを、ようやく知ることができたのですから」

そうだ。だからその時に誓ったのだ。

人間の体に戻れたら、きちんと言葉にして伝えよう。今までの察してほしいだけの自分をやめて、クラウスと正面から向き合って、本当の気持ちをぶつけようと。

まあ今回は――言葉どころか、全身で体当たりしてしまったわけだが。

「でもあんな風に避けられるのは、いくらわたくしでも傷つきます！」

「わ、悪かった……」

むうと頬を膨らませるミーアを見て、クラウスはこの世の終わりが訪れたかのようにどよんと落ち込んでいた。そんな彼の姿にミーアはしばらくむくれてみせたが……すぐに唇を笑みの形に変える。

「でもわたくしも、猫になって恥ずかしいことがありましたから、おあいこですわ」

「君も？」

「はい。いつだったか、インク瓶をひっくり返した時――」

そう口にしたものの、ミーアはすぐにはっと口を閉ざした。みるみるうちに首から額まで赤くなっていくのを目の当《ま》たりにし、クラウスが不思議そうに首を傾げる。

「ミーア？」

「その、な、なんでも、ありませ……」

だがようやくクラウスも同じ記憶にたどり着いたのか、雷に打たれたかのように体を強張らせると、赤面したままおそるおそるミーアに謝罪した。

「ち、違うんだミーア！　あれはそうしたよこしまな感情があったわけではなく、純粋に君の体を綺麗にしようと思って、いやこの言い方もあれだが本当に」

「わ、わかります！　わかっていますわ！」

ぜいはあと息も絶え絶えになりながら、二人はお互いの言い分をすべて吐露した。わかりやすく真っ赤になっているクラウスを見て、ミーアは思わず噴き出してしまう。

「——良かった。ようやくちゃんと、全部言えましたわ」

「……ああ。俺もだ」

ふふ、と笑うミーアを見て、クラウスも眦に皺を寄せる。

やがてクラウスの腕が、ミーアの体に回された。もうすっかり定位置になってしまったその場所で、ミーアがうっとりと目を閉じていると、頭上でクラウスがふと呟く。

「ミーア——これから少しだけ、時間はあるか？」


そうして連れてこられたのは、敷地の端にある礼拝堂だった。

目が覚めるような青と白の神秘的な空間。頭上にあるバラ窓からは淡く月光が差し込み、堂内はひっそりとした静寂に包まれている。吸い込む空気も澄み切った清浄さに満ち溢れており、ミーアはゆっくりと振り仰いだ。

（なんだか、すごく懐かしいですわ……）

かつて魂を失ったミーアの体はここで眠っていた。その間、真っ白な棺に向かって涙を零すクラウスを、己の無力さを噛みしめて眺めることしかできなかったものだ。

でも今は違う、とミーアは隣にいたクラウスの手をそっと握る。彼もまた何かを察したのか、返事をするように優しく力を込めた。祭壇の前で隣に立つように並ぶと、クラウスが静かに口を開く。

「ここには、俺の両親が眠っている」

「クラウス様の……」

先代・レヒト公爵。

事故によって妻とともに命を落とし――その結果、まだ若輩だったクラウスが急遽爵位を継ぐこととなった。思えばミーアの結婚が早まったのも、彼らの悲劇から生じたものだ。

あいにく婚約の段取りは互いの両親と事務弁護士《ソリシター》だけで行われたため、ミーアはクラウスの両親と面識がない。

「……実は、彼らが亡くなってからずっと、俺はここに立つことができなかった。それどころか、この礼拝堂に入ることすらためらっていたんだ」

「そうだったんですのね……」

「だが君があんな状態になったと聞いて、無我夢中のまま足を踏み入れてしまった。そのあとも、眠り続ける君の顔を見るために、何度も、何度もここに通った」

「はい……知っていますわ」

「そのたびに俺は、神と両親に祈った。頼むから——彼女だけは助けてくれ、と」

クラウスにとって、両親の突然の死はあまりにも衝撃だったのだろう。

だが周囲は悲しみに浸る時間すら与えず、すぐさま一人前の公爵として振る舞うことをクラウスに要求した。そんな中、両親が存命だった頃に唯一結び付けてくれたミーアとの縁談。

それはクラウスにとって——遺言にも近い、本当にたった一つの希望だったのだ。

「おかげで……君は無事に、こうして俺のもとに戻ってきてくれた。だから結婚式の前にその礼と……なにより君を紹介したくてな」

そう言うとクラウスは、そっと顔を上げた。

「父上、母上……長らく顔を見せなかった不孝者に、慈悲《じひ》をくださりましたこと——心から感謝いたします。彼女がミーア。私の……妻です」

「は、はじめまして……！」

思わずミーアが背筋を正したのを見て、クラウスはかすかに笑った。だがすぐに視線を戻すと、語りかけるような穏やかな口調で続ける。

「父上からある日いきなり『素晴らしい相手を見つけてきたぞ！』と言われた時は正直、何を勝手なと憤慨していましたが……やはりあなたは正しかった。こんな俺に、もったいないほどの女性を探し出してくださり、本当にありがとうございます」

「そ、そんなことを思っていましたの⁉」

「その時の俺はまだ、相手が君だと知らなかったからな」

ミーアのやや責めるような眼差しに、クラウスは苦笑する。やがて何かを懐かしむように目を細めると、隣に立つミーアの手を恭《うやうや》しく持ち上げた。

「レヒト公爵位、クラウス・ディアメトロはここに誓います。ミーア・キャリエルをただ一人の妻とし、健《すこ》やかなるときも、病めるときも——もちろん、猫になったときも。この命が続く限り、彼女だけを愛し続けると」

「クラウス様……」

ミーアは視界がじわりと滲んだのに気づき、急いで瞬きを繰り返した。繋がれている指先に力を込めると、自身もクラウスに向かって微笑みかける。

「ミーア・ディアメトロは誓います。健やかなるときも、病めるときも——もちろん、猫になったときも。彼を愛し、そして……お互いの気持ちがわからなくなった時は、きちんとその思いを言葉にして、伝えることを」

「……俺はそろそろ、君の鳴き声だけでも理解できそうな気がしているが？」

「まあ！　本当ですの？」

本気で驚くミーアを見て、クラウスは堪えきれないとばかりに笑みを零した。それを見たミーアもまた、くすくすと口元に手を添える。

以前はあれだけ蕭然《しょうぜん》として、深い悲愁《ひしゅう》に満たされていた礼拝堂が、少しずつ本来の壮麗さを取り戻していくようで、ミーアは眦に残った涙を拭った。

誰もいない、二人だけの結婚式の練習。

だがその誓いは、遠くにいる誰かに届いたような気がした。


そうして迎えた結婚式当日。

支度《したく》の終わったミーアを前に、レナはすでに涙目になっていた。

「奥様……なんてお美しい……！」

「ありがとう。……なんだか、夢みたいですわ」

「いいえ奥様。夢なんかじゃありません」

なおもハンカチで目元を押さえるレナを見て、ミーアは柔らかく微笑んだ。そのまま前に歩み寄ると、彼女の両手をそっと握りしめる。

「あなたには、ずっと迷惑をかけてしまいましたわね」

「と、とんでもない！　わたしの方こそ、とても良くしていただくばかりで……どうしたらこの御恩が返せるのか……」

「そんなものいらないわ。……だってあなたからは、もう十分すぎるほどの贈り物を戴いていますもの」

へ？　と首を傾げるレナを見て、ミーアは心の中だけで苦笑した。

あの時、レナからもらった毛布の暖かさが忘れられなくて、実はこっそり回収している。今も万一に備えて、自室の見つからない場所にこっそり隠しているのだと知ったら、彼女は一体どんな顔をするだろうか。

（本当に……もっと早く、レナの言葉を聞いていれば良かったですわ……）

クラウスに愛されていない、と自暴自棄になっていたミーアに、レナは『旦那様はいつも奥様のことを大切に思って……』ときちんと伝えてくれていた。あの時レナの言葉を信じて、少しでもクラウスに寄り添うことができていたら……と今になってようやく気づく。

「まだまだ知らないことばかりですし、至らないところも多いわたくしですけれども……どうかこれからも、よろしくお願いしますね」

「お、奥様ぁ……」

ようやく収まりかけていたレナの涙は、大仰な泣き声とともに再び爆発した。

雲一つない快晴。

どこか甘さを含む春の風に髪を揺らしながら、クラウスは花嫁の到着を待っている。

普段は黒い衣装を好んでいるが、この日だけは輝かんばかりの白い礼装。襟元には、淡いピンク色の薔薇でできたブートニアがあり、肩からは金の飾緒《しょくしょ》が下がっている。胸には公爵位を示す鷲の徽章があり、とても継承から二年とは思えない堂々たる態度だ。

そんな彼が立つのは、レヒト公爵邸の中庭にある東屋《あずまや》。絹でできた純白のリボンと、傷一つない真珠のような白薔薇で飾り立てられ、今日の式典にふさわしい佇まいとなっていた。

周囲には、熟練の庭師たちが手塩にかけて育てた色とりどりの花が咲き誇っており、今日の主役が現れるのを今や遅しと待っている。

「……」

東屋から邸までは深紅の絨毯が続いており、その左右に参列者のための椅子が並んでいた。

ミーアの母親やクラウスの親族らのほか、ラディアスとアイリーンの姿もあり、その後ろには挙式準備に関わりのない使用人たちが、随分と緊張した面持ちで座っている。本来であれば参加するはずのない身分なのだが、ミーアの方からぜひにと招待したのだ。

やがて小柄な父親に付き添われる形で、花嫁が姿を現した。

眩《まばゆ》い白銀の髪は、ゆったりとしたハーフアップにされており、流れ落ちるように季節の花があしらわれている。クラウスと揃いのピンクの薔薇を中心に、黄色のマムやオレンジのガーベラ、彩りを添えるカスミソウなど、それ自体が花束のような華やかさだ。

頭上にはクラウスが何度も作り直させた細身のティアラが輝いており、同じく一流の職人によって用意されたネックレスが、華奢《きゃしゃ》な首元を照らしている。

中央に置かれた宝石は、高い透明度を誇るダイヤモンド。その左右には美しい緑色のエメラルドが配されており――ミーアは完成したこれを見た途端、うっかり『いただいた首輪みたいですね』と言って、クラウスをへこませた。

その体に纏うのは、純潔を表す白のウェディングドレス。

小さな肩と腕をあらわにしたデザインで、手には肘まである長い手袋。腰の高い位置でスカートに切り替わる優美なシルエットだ。重厚な質感の生地の上に、きらきらと光を弾く異なる布地を重ねることで、上品さと可愛らしさを両立させている。

「お父様、……ありがとうございました」

「ミーア……綺麗だよ」

参列者が見守るなか、ミーアはそっと父親から離れた。ゆっくりと顔を上げると、一歩ずつ司式者の待つ東屋へと足を進める。するとクラウスがそっと右手を差し出した。

「……！」

緊張していたのか、先ほどまでわずかに顔を強張らせていたミーアだったが、クラウスと目が合った瞬間、まるで花がほころぶように笑った。それを見たクラウスも、嬉しそうに目を細める。

彼に手を引かれるまま祭壇の前に立ったミーアは、気持ちを落ち着けようと息を吐きだした。

司式者によって聖書が読み上げられ、二人は神への誓いをそれぞれ口にする。

（さすがに今日は――『猫になったときも』とは言いませんよね？）

ミーアがちらりとクラウスを覗き見ると、彼もまた同じ想像をしていたのか、赤い瞳がミーアの方を向いていた。心が通じ合ったような気がして、二人はまた密かに微笑み合う。

そして指輪交換の時間。これに関してはクラウスに一任していたため、ミーアは一体どんな指輪かしら、と期待に胸を膨らませる。

するとバージンロードの脇に、いつのまにか執事が待機していた。その腕には何故か影武者の『ミーア』改め『ミーニャ』が抱きかかえられており、二人の目の前でそっと下ろされる。

大きな白いリボンを首に巻いたミーニャは、どこか自信満々に絨毯の上を歩いていくと、ミーアたちの前でゆっくりと立ち止まった。『ふなぁ～』と可愛らしく鳴くミーニャの首元には、銀色の小さな指輪が二つ揺れている。

「まあ！　お利口さんですのね」

「あいつ……最近よく姿を消していると思ったら、こんなことを教え込んでいたのか……」

クラウスの呟きに、ミーアはそっと執事の方を見た。指輪を無事に届け終え、戻ってきたミーニャを抱擁《ほうよう》しては、ちょっと嫌がられるくらい褒めたたえている。猫の時分に、小一時間鬼ごっこさせられたことを思い出したミーアは、思わず苦笑した。

ミーニャが運んでくれた指輪を手にしたクラウスは、手袋を外したミーアの左手を優しく持ち上げた。薬指に清楚《せいそ》な光が宿り、ミーアは思わずぱあぁと目を輝かせる。すると正面にいたクラウスが、わずかに口角を上げてちょいちょいと自身の拳を持ち上げた。

（あっ！　わたくしもするのでしたわ！）

ミーアは慌てて指輪を手にすると、クラウスの手を取った。今までにも何度も触れられているはずなのに、改めてその男らしい指の長さを実感する。指を間違えないよう慎重に見定め、そろそろと指輪を押し込んだ。

ようやく指の根元にまで到達し、ミーアはほっと安堵の息を吐く。その瞬間クラウスの手が持ち上げられ、あっという間に指輪は彼の一部となった。

互いの指に、同じきらめきの指輪が輝いている。

ただそれだけのことなのに――ミーアは涙が出そうなほど嬉しかった。

「それでは、誓いの口づけを」

いよいよ挙式もフィナーレを迎え、二人は東屋の中で向かい合った。

クラウスは一歩近づくと、そっとミーアの頬に手を添える。いよいよですわ、とぎゅっと強く目を瞑るミーアを前に、クラウスは参列者には聞こえない程度の声で話しかけてきた。

「そんなに緊張しなくていい」

「……は、はい！」

「結局、あまり上達しなかったな」

え、とミーアが驚いたように瞼を上げると、からかうような表情のクラウスと目が合った。クラウスはくす、とかすかに笑いを零すと、ミーアの頬をするりと撫でる。キスについて言われているのだとわかり、ミーアはもう、と小さくむくれて見せた。

「そ、そんなことありませんわ。わたくしだって、その……」

「その？」

「こ、これから、うまくなりますわ」

そうか、とクラウスが微笑む。その顔を見て、ミーアもまた目を細めた。

クラウスの顔が傾き、閉じた瞼の上に影が落ちる。

唇に触れる、柔らかい肌の感触。

わずかな湿り気を孕《はら》んだそれは、一瞬か——はたまた数秒か。

やがて甘い残滓《ざんし》を残しながら、静かに離れていった。

「幸福な二人に、神のご加護があらんことを——」

司式者の厳格な言葉を最後に、結婚式は無事に終わりを迎えた。

挙式が終わると、中庭を広く使った祝宴へと様変わりした。立派なテントが立ち並び、豪華な料理が並ぶテーブルが置かれる中、参列客たちはそれぞれ自由に食事をとっている。

そのうちの一人に、ミーアはこっそりと近づいた。

「こんにちは、ヴィル」

「お、奥さま⁉」

料理を山盛りにした皿を手にしたまま、ヴィルはぴょんと飛び上がった。かつて猫のミーアにご飯を提供してくれた見習い少年は、一張羅《いっちょうら》と思《おぼ》しきよそ行きの服を着ており、今はミーアを前に真っ赤になっている。

他家のやり方であればこの時間、使用人たちは前菜からデザートまでの格式ばった食事を運ぶのに走り回るものだ。だがミーアは、少しでも多くの使用人に一緒に食事を楽しんでもらいたいと、立食形式を提案したのである。

余談ではあるがここ数ヵ月で『レヒト公爵家の使用人になりたい』という者が非常に増えたという噂があった。もちろん穏やかで使用人思いの主に仕えたい、というのが第一ではあったが――中には『食事が美味しいから』という希望者もいたとかいなかったとか。

「ほ、本日は、お、おめでとうございます！」

「ありがとう。今日の食事、とっても素晴らしいですわ。あなたも作ったのかしら」

「い、いえ！　自分は、少し、準備を手伝ったくらいで……」

かつてミーアの前にパンを放り投げた人物とは思えないほど、ヴィルはがちがちに緊張していた。

そんな少年にミーアは目を細めると、何かを思い出すように苦笑する。

「今思うと、あの時のごはんが一番美味しかった気がします……」

「奥さま？」

「な、なんでもありません！　今日はどうか、お腹いっぱい食べてくださいね」

「は、はい！　ありがとうございます！」

『宝石姫』の異名は、いまだ衰えることを知らず。完璧に飾り立てられたミーアに話しかけられたヴィルは、ぽうっと頬を染めたまま、完全に初恋を奪われていた。それどころか、普段ミーアと接する機会のない男性使用人たちも、その光景をうっとりと見つめている。

その場を離れたあと、先ほどの終始を見ていたクラウスがわずかに眉を寄せた。

「ミーア。使用人一人ひとりに話しかけるのはいかがなものかと――」

「あら、どうしてですの？　せっかく皆さまとお話しできる良い機会ですのに」

「それは……そうだが……」

独占欲と、当主としての度量が試されている――という苦悶に顔を顰《しか》めるクラウスをよそに、ミーアははてと首を傾げる。

そうして大方の参加者に声をかけた後、先ほどまで他の貴族らに捕まっていたラディアスが、アイリーンとともにようやく姿を見せた。

「やれやれ、やっと解放してもらえた……。改めまして、今日はおめでとう。クラウスとミーア……じゃない、レヒト公爵夫人」

「ラディアス様！　ありがとうございます」

久しぶりに会ったラディアスは、出来合いの礼装にありふれたシャツという、以前よりずっと庶民的な装いだった。だがその笑顔はどこか晴れやかで、何か悪い憑き物が落ちたかのように溌溂《はつらつ》としている。

「家を出てどうしているかと思ったが、意外と元気そうだな」

「ああ。ぼく自身もびっくりしたよ。まさか自分が、こんな生き方を選べるなんてね」

ふん、と鼻で笑うクラウスに、ラディアスもまた軽く答える。

そんな男同士の会話は二人に任せて、ミーアはアイリーンの方を向いた。

「アイリーンも。来てくださり、ありがとうございます」

「招待されちゃしかたないわ。それにあなたには色々と、迷惑もかけてるしね」

「それは……たしかにそうですわね」

素直ではない口調のアイリーンに、ミーアもまた堂々と応じる。二人はしばらくしてふふ、と口元を緩めた後、ようやくアイリーンが微笑んだ。

「嘘よ。……すっごく綺麗だわ。本当におめでとう」

そこでアイリーンが、何かを思い出したようにはっとクラウスの方に視線を送る。

「そういえば猫化がばれたって聞いたけど……大丈夫だったの？」

「ええ。でもクラウス様は、きちんと受け入れてくださいましたわ」

「……そう。良かった」

珍しく素の表情を見せながら、アイリーンはほっと胸を撫で下ろした。やがてラディアスから身を隠すようにして、こそこそとミーアに耳打ちする。

「実は、私の師匠の知り合いに『眠りの魔法』の作成者がいるらしくて……その人なら、あなたに起きている現象について、何かわかるかもしれないわ」

「ほ、本当ですの⁉」

ようやく得られた有力な情報に、女性陣がきゃっきゃと手を取り合って喜ぶ一方で、ひとしきり近況報告が終わったらしい男性陣もようやく話を切り上げた。

するとラディアスがミーアたちに向けて「そういえば」と嬉しそうに笑う。

「実は、もう一つだけ伝えたいことがあって……」

「まあ、なんですの？」

「……家族が、増えるかもしれないんだ」

突然の告白に、ミーアはわあと嬉しそうに口元に手を添えた。一方クラウスは、あまりのことに言葉を失っている。二人の注目を受けたアイリーンは、普段クールな彼女からは想像もできないほど、頬を赤くして俯いていた。

「お、おめでとうございます！」

「ありがとう。わかったのはついこの間なんだけどね」

労《いたわ》るように妻の肩を抱くラディアスは、全身から幸せの気持ちを滲ませていた。アイリーンもまた恥ずかしさはあるものの、彼にしっかりと身を預けている。

「一応実家にも連絡したら……その、生まれたら顔を見せに来いって、みんな大喜びでさ。まだ先になるとは思うけど、その時は一度家にも戻ろうと思う」

「ええ、ええ！　きっとご両親も、お喜びになると思いますわ！」

ミーアは嬉しそうに微笑みながら、そっとアイリーンに目配せした。どうやら思いは彼女にも伝わったらしく、はにかみながらも笑みを浮かべている。

ラディアスとアイリーン。

生まれた環境の違い。立場の違い。築かれた壁は高く、なかなかわかり合うことはできないかもしれない。それでもいつか、みんなで笑い合える日が来る——とミーアは予感した。

「それでお願いがあるんだけど……良かったら、子どもの名前を、二人に考えてもらえないかと思ってさ」

「まあ！　いいんですの？」

「うん。元はと言えば、君たちのおかげで取り戻すことができた縁だ。もちろん迷惑でなければ、だけど……」

ミーアは今にも猫耳を生やしそうな勢いで、嬉しそうにクラウスの方を振り向いた。その満面の笑みがあまりにわかりやすかったのか、クラウスは手で口を塞いだまま、漏れる笑いをこらえている。

「クラウス様!!」

「わ、悪い。……わかった。いい名前を考えておく」

「ありがとう。……クラウス」

差し伸べられたラディアスの手を、クラウスは強く握り返す。

そんな二人を前に、ミーアは嬉しそうに目を細めるのだった。

やがてパーティーもたけなわとなり、クラウスが謝辞を述べた。ちらりと視線を向けられ、ミーアもまたおずおずと前に歩み出る。

「――皆さま、今日はわたくしたちの結婚式に来てくださり、本当にありがとうございました」

かつては絶対に、見ることができないと思っていた光景。

孤独で、虚しくて、何の興味も見いだせなかった邸と中庭。

それが今は、こんなにもたくさんの人に囲まれて、美しく輝いている。

「以前のわたくしは、わがままで何も知らない、本当に未熟な人間でした。ですがクラウス様はそんなわたくしを愛し、大切にしてくださった――」

そっと隣を見ると、クラウスが穏やかに微笑んでいる。その声なき応援を受け、ミーアは改めて参列者の方を向くと、花咲くような笑顔で告げた。

「これからもたくさん、ご迷惑をかけることがあるかと思いますが……どうかこれからも、よろしくお願いいいたします」

最後に見せたミーアの晴れやかな笑顔に、そこかしこから割れんばかりの拍手が巻き起こった。あまりの勢いにミーアが恐縮していると、どこからかクラウスに口づけを催促する声が上がりはじめる。

（え⁉　えっ⁉　ど、どうしたらいいのでしょう⁉）

あわわとクラウスの方を見る。

案の定、わかりやすく不機嫌そうに眉を寄せており、ミーアはひええと肩を震わせた。いくらミーアには優しいとはいえ、普段の恐ろしさがなりを潜めたわけではなく――絶対に応じてくれませんわ、とミーアは冷や汗をかきはじめる。

だがミーアの予想とは裏腹に、クラウスは大きく一歩を踏み出すと、困惑するミーアを横向きに軽々と抱き上げ、そのまま会場の中心へと歩き出した。思いもよらぬ展開に驚くミーアをよそに、会場内の歓声はいっそう盛り上がっていく。

「ク、クラウス様⁉」

「――諦めろ。二人の愛を示しておかねば、この場が収まらん」

にやり、と音がしそうな笑みを浮かべるクラウスを見て、実は楽しんでいるのでは⁉　とミーアは一気に赤面する。下ろしてくれる様子もなく、クラウスは待ち望むようにじっとミーアの顔を覗き込んだ。それが意味するところを知り、ミーアはおずおずと両手をクラウスに伸ばす。

そのままそっと顎を押し上げ、クラウスの唇に口づけた。

その瞬間、割れんばかりの拍手が沸き起こり、ミーアは慌てて顔を伏せる。

「――ミーア」

嬉しそうなクラウスの声の後、くるり、と世界が回りはじめた。

長いスカートがふわりと舞い上がり、ミーアの髪が遅れて揺れる。きらきらとした銀細工の輝きや、舞い散る極彩色の花びらが二人の世界を鮮麗に彩った。光と、色と、風と。今この時にあるすべてが、二人を心から祝福する。

「――愛してる」

そう言うとクラウスはミーアを下ろし、再び優しく口づけた。

途中まで聞こえていた招待客の声や、もはや悲鳴にも似た男性陣の雄叫《おたけ》びが徐々に聞こえなくなり――ミーアとクラウスだけになる。永遠にも似た、刹那《せつな》の時間。

やがてそっと唇が離れたのと同時に、ミーアは顔をほころばせた。

「わたくしも、愛しています」

礼拝堂から鐘の音が鳴り響き、空に波紋を描くように世界に音が戻ってくる。
幸せを願うたくさんの言葉に包まれて、二人は静かに笑い合った。

巻末資料

キャラクターデザインラフ

砂糖菓子のような
パステルカラー
ロココ調の雰囲気
甘く
かわいらしく!!
表情はあどけない
(初期のアホ…っぽさを…)
でも おさなすぎず
という
かんじの
イメージです
顔まわり
ランダムに
ふわふわの
髪
うしろは
ふわっと
ストレート
ネコになった時の
首輪イメージの
カラーを
つけてる
きらわれてるの
かしら…？
クラウス
さまー

ミーア
顔ラフの左のドレスです
胸、そでのリボンを
へらして
カラーもシンプルに
しています
ミーア
ウェディング
資料ママ
ゆるくねじった
ハーフアップに
お花（ざっくりのせて
いるので 色は変えます）
腰からリボンに
ティアラ
ネックレス
↓スカート
＋
前開きのオーガンジー
＋
後ろでドレープをとった
きらきらオーガンジーを
うしろでリボンに
トレーンと
ベール

キャラクターデザインラフ

クラウス ウェディング
(一応)軍服の礼服ベースです
徽章をつける位置にブートニア
ピンクのバラ
ミーアの花とおそろい
中心に紋章のバッチ
白と金だけでゴージャスに
ジャボとカフスでドレッシーさ＋
クラウス
ハートの弱さをごまかす演出グッズ
片側マント
黒×シルバー
同系色で目立たないししゅうや柄が入っています
全体的に
「がんばってえらそうにしてる子」をイメージしています
ほぼ軍服なので
シャツカラー
＋
ネクタイ
(結び目にかざり)
＋
ベスト
＋
上着
やや長めでエレガントに
(貴族
黒ブーツ

キャラクターデザインラフ

きもち
タレ目に
タレ目×ツリ眉だと
悪役感
強いですね…
えりを
オープンなものに
するのも
女たらしっぽく
なると
思いますが
どうでしょうか
いやホント色々
ごめんなさい
淡色＋ゴールド
ししゅうや宝石
華やかな
貴族の服です
ランク低いので
ひもやバッチ系
飾りはなし
ラディアス
チャラすぎず
ソフトすぎず…
ふわふわ長めの
くせ毛

キャラクターデザインラフ

シンプル
な顔と
メイド服
the 執事
シンプルな
えんび服
+
白手袋

アリアンローズ既刊好評発売中!!

最新刊行作品

騎士団の金庫番 ①～②
～元経理OLの私、騎士団のお財布を握ることになりました～
著／飛野 猶　イラスト／風ことら

婚約破棄をした令嬢は我慢を止めました ①～②
著／秦　イラスト／萩原 凛

三人のライバル令嬢のうち〝ハズレ令嬢〟に転生したようです。
～前世は病弱でしたが、癒しの魔法で今度は私が助けます！～
著／木村 巴　イラスト／羽公

転生令嬢、今世は愛する妹のために捧げますっ！ ①
著／遊森謡子　イラスト／hi8mugi

ぬりかべ令嬢、嫁いだ先で幸せになる ①
著／デコスケ　イラスト／封宝

裏切られた黒猫は幸せな魔法具ライフを目指したい ①
著／クレハ　イラスト／ヤミーゴ

猫に転生したら、無愛想な旦那様に溺愛されるようになりました。
著／シロヒ　イラスト／一花 夜

コミカライズ作品

悪役令嬢後宮物語 全8巻
著／涼風　イラスト／鈴ノ助

誰かこの状況を説明してください！ ①～⑨
著／徒然花　イラスト／萩原 凛

魔導師は平凡を望む ①～㉗
著／広瀬 煉　イラスト／⑪

ヤンデレ系乙女ゲーの世界に転生してしまったようです 全4巻
著／花木もみじ　イラスト／シキユリ

転生王女は今日も旗を叩き折る ①～⑥
著／ビス　イラスト／雪子

お前みたいなヒロインがいてたまるか！ 全4巻
著／白猫　イラスト／gamu

侯爵令嬢は手駒を演じる 全4巻
著／橘 千秋　イラスト／蒼崎 律

復讐を誓った白猫は竜王の膝の上で惰眠をむさぼる ①～⑥
著／クレハ　イラスト／ヤミーゴ

悪役令嬢の取り巻きやめようと思います 全4巻
著／星窓ぽんきち　イラスト／加藤絵理子

乙女ゲーム六周目、オートモードが切れました。 全3巻
著／空谷玲奈　イラスト／双葉はづき

起きたら20年後なんですけど！ 全2巻
～悪役令嬢のその後のその後～
著／遠野九重　イラスト／珠梨やすゆき

平和的ダンジョン生活。 全3巻
著／広瀬 煉　イラスト／⑪

転生しまして、現在は侍女でございます。 ①～⑦
著／玉響なつめ　イラスト／仁藤あかね

自称平凡な魔法使いのおしごと事情 シリーズ
著／橘 千秋　イラスト／えいひ

聖女になるので二度目の人生は勝手にさせてもらいます 全3巻
著／新山サホ　イラスト／羽公

魔法世界の受付嬢になりたいです 全3巻
著／まこ　イラスト／まろ

異世界でのんびり癒し手はじめます 全4巻
～毒にも薬にもならないから転生したお話～
著／カヤ　イラスト／麻先みち

冒険者の服、作ります！ ①～③
～異世界ではじめるデザイナー生活～
著／甘沢林檎　イラスト／ゆき哉

妖精印の薬屋さん ①～③ ※3巻は電子版のみ発売中
著／藤野　イラスト／ヤミーゴ

どうも、悪役にされた令嬢ですけれど 全2巻
著／佐槻奏多　イラスト／八美☆わん

脇役令嬢に転生しましたがシナリオ通りにはいかせません！ ①～②
著／柏てん　イラスト／朝日川日和

王子様なんて、こっちから願い下げですわ！ ①～②
～追放された元悪役令嬢、魔法の力で見返します～
著／柏てん　イラスト／御子柴リョウ

猫に転生したら、無愛想な旦那様に溺愛されるようになりました。

＊本作は「小説家になろう」（https://syosetu.com/）に掲載されていた作品を、大幅に加筆修正したものとなります。
＊この作品はフィクションです。実在の人物・団体・事件・地名・名称等とは一切関係ありません。

2021年9月20日　第一刷発行

著者 …… シロヒ
©SHIROHI/Frontier Works Inc.
イラスト …… 一花 夜
発行者 …… 辻 政英
発行所 …… 株式会社フロンティアワークス
〒170-0013　東京都豊島区東池袋 3-22-17
東池袋セントラルプレイス 5F
営業　TEL 03-5957-1030　FAX 03-5957-1533
アリアンローズ公式サイト　https://arianrose.jp/
フォーマットデザイン …… ウエダデザイン室
装丁デザイン …… WINFANWORKS
印刷所 …… シナノ書籍印刷株式会社